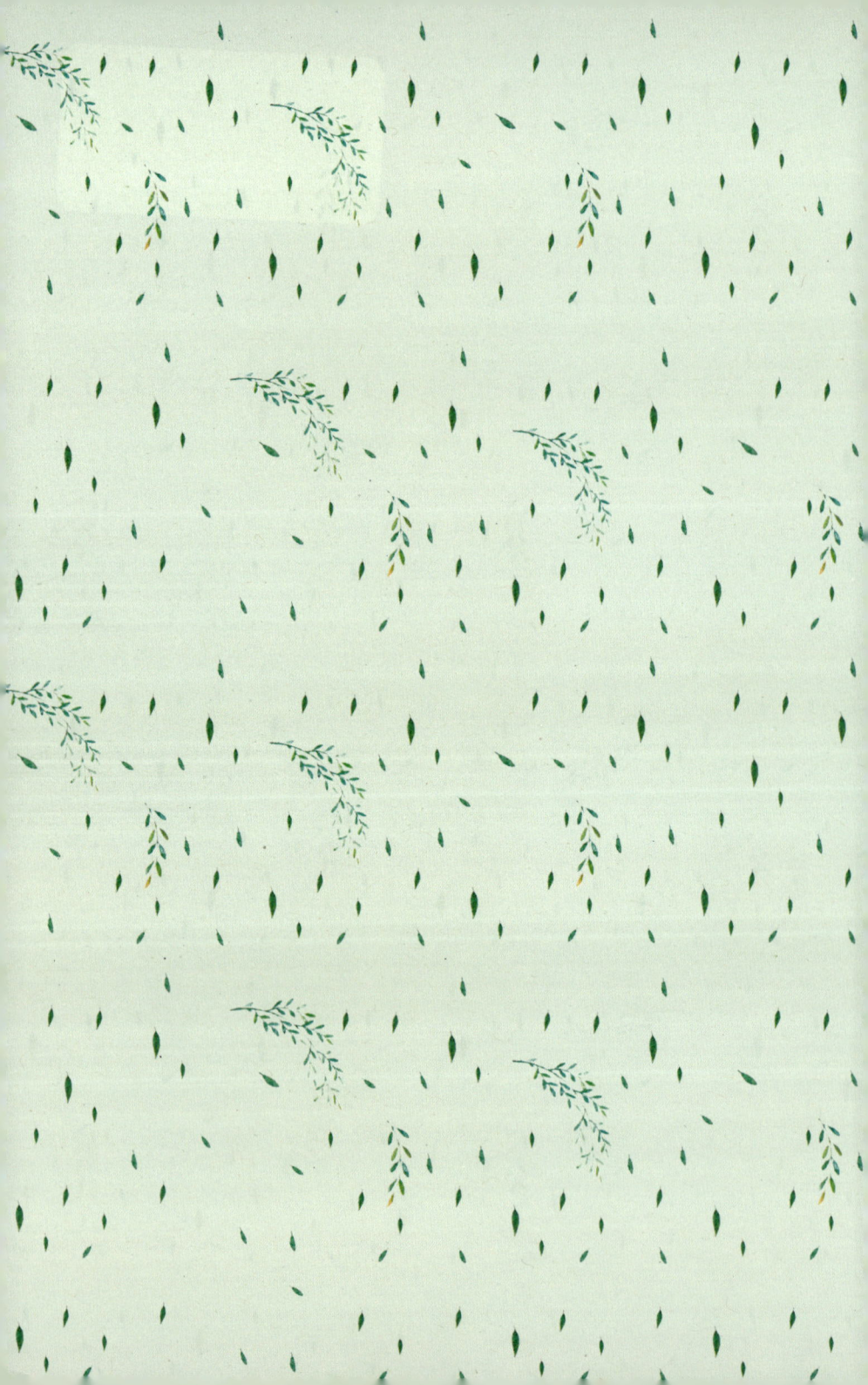

▼

这本书，送给江流和小桥姑娘

祝福他们一生顺遂 风雨无惊

幸福安康

▼

《匪石》

我心匪席，不可转也。
我心匪席，不可卷也。

▼

《小桥流水》

花田柳树青蛙
小桥流水人家

▼

《余生安》

我要你用余生补偿我，
此去护我，天天快乐，
岁岁平安。

花田柳树青蛙
小桥流水人家

小情书·
小桥流水

烟罗／著

YANLUO ZHU

百花洲文艺出版社
BAIHUAZHOU LITERATURE AND ART PRESS

目

录

目
———
录

目

录

自序
例行的絮叨与叙旧

我对他们，有一种近乎固执的偏爱。
以至于写到最后，都舍不得在这个近似童话的故事里，
加入一点点苦和酸。

▶ *1*

2016年初，我写了一个小专栏，里面用小说的形式记录一些温暖的片断，主角是两个很有爱的年轻人，一个叫江流，一个叫小桥。

2017年，这个故事成为我的畅销作品《小情书》第二季的主打故事，网上有很多很多江流、小桥的读者在热切盼望着这个故事的出版，她们每天来我的微博和微信留言，每个人都非常可爱。

说实话，这个故事并不长，之前在杂志上连载的部分不过区区万字，能引起这么大的反响，是我始料未及的。

故事完成后，我拿给江大神和松鼠小桥看，不出意外，江大神不肯看，而小桥看得面红耳赤。

是的，你猜对了，这个故事里的江流和小桥，在现实中都有原型，他们是我最好的朋友。

而故事里有许多的小细节，都来自于他们真实的经历。

比如打电话认识，比如写小说养大神，比如那个楼梯间的楼层牌，比如大牛和花花。

他们看到了这个故事，一定认得出自己。

而你们，一定认不出他们。

我很爱江流和小桥。

我对他们，有一种近乎固执的偏爱。

以至于写到最后，都舍不得在这个近似童话的故事里，加入一点点苦和酸。

虽然现实中的他们，一定会和我们所有人一样，经历着坎坷与顺境，面对着软弱与勇敢的选择，在每一个晴朗的日子里，吵吵闹闹，说说笑笑，平凡而真实地过着他们的小日子。

开通公共微信后，后台有个问题被留言特别多，很多人都在问：世界上有封信和安之这样的爱情吗？世界上有江流和小桥吗？世界上有方柯和南玄吗？

有的，故事里的人，其实都在你我身边，如果你用心去感受和发现。

有时他们匆匆行在人海。

有时他们也斗嘴红脸。

有时他们失去了方向。

但更多的时候，他们握紧彼此的手，在这个艰难世间，创造着一个个属于他们的小确幸，目标明确，勇往直前。

所以，不必试图去寻找生活中的江流和小桥，他们也不会被人找到。

只是，我们都知道，他们确实生活在地球的某个角落里，他们会结婚，会有孩子，会一起经历更多的未来。

而我们，只要被他们感动过，那么祝福就好。

《小桥流水》这个故事，送给曾经感动并且会一直感动着我的亲爱的江流和小桥。

祝你们不畏险阻，勇敢快乐，幸福永远。

▶ 2

这本书里还有一个从未露过面的新中篇，叫《匪石》。

我心匪石，不可转也。

我心匪席，不可卷也。

我的心不是一个圆圆的石头，它不可以随意被转动啊。

我的心也不是薄薄的草席，它没有办法被轻易卷起。

我们都曾经向往过这样的感情吧？

一旦认定，便随心而去，任它风雨，不可改变。

而后来我们又是遇见了什么，放开了最初的誓言？

是那些不可测的命运之变，旦夕之间，人已走远。

大明星路远的身边，出现了一个奇怪的少年小迟。

他抗拒着小迟，却又不受控制地被小迟吸引。

原以为是一段错位的感情发生，却原来，是风雨中故人归来。

这是一个有些戏剧性甚至有些荒诞的故事设定。

涉及一些幻想的元素，是我比较少尝试的一个创作方向。

在一些看似不那么现实的情节里，发生着现实世界里的悲欢离合，有时候，也许会显得更加深刻。

不知道这个故事会不会被大家喜欢呢？

▶ 3

《余生安》《月照星河》《阿紫》是曾经在其他平台上放过试读的故事，我做了认真的修订后把它们收入了这本书。

《余生安》是挺典型的烟罗式的青春故事。

《月照星河》里的姐妹情曾经感动过很多人。

而《阿紫》创作得最早，可是多年后仍然时常被人提起。

也希望你们会喜欢这些故事。

▶ *4*

还有一些近期的千字文，我也收入了这本书里。

其中有一些幻想风格的小文，可能老读者会觉得有些风格上的变化，也是因为写专栏文写了很多年了，有一天突然很想写一系列介于童话与现实间的小故事，可能表达不那么直接，却能让一千个人读出一千种感触。

如果这中间有很触动你的故事，也记得要来微信和我交流。

▶ *5*

2017 年，原定的写作计划里，还有一本《星星上的花 3》，主角是人气少女孟七春。

七春是一个很有个性的姑娘，我也很喜欢她，我觉得温暖的姑娘如小桥会有温暖绵软的故事，而明亮倔强的姑娘如七春也会有属于她的不平凡的爱情。

这个世界，不就是这样可爱着吗？

为每一个人，安排了无数种可能，而最后都归于你对世界的态度。

这真是很奇妙的事。

▶ *6*

对了，老朋友们大概注意到，我之前有写一组关于二十四候花信风的古风爱情故事，有断断续续更在我的微信平台，很多人说很喜欢。

虽然这系列故事我还没有写完，但还是想问一下大家，想不想看古风的长篇爱情故事？

我写完"星星 3"后想写个一直想写的古风爱情，类似《小情书》第一季里有收入的《陌上花歌》那样的长篇。

这一组花信风的故事完整版也应该会被收在那本书里，虽然那可能是 2018 年的计划了，还是提前和大家说一声吧。

为了方便你们寻找，那么就作为《小情书》第三季，叫《小情书·花信》可好？

▶ *7*

我去年年底时开始在老师的指导下做一些循序渐进的运动了，熟悉我的读者都知道，我的身体不太好，之前也生过很多病，所以过去我一直有些害怕运动，生怕有什么闪失，一时又引起这个病那个病的。

但是现在终于在朋友的感染下，开始了科学的适量的运动，果然整个人的精神面貌都有所提升。

所以，2017年，让我们一起动起来，努力起来，认真学习，认真工作，认真写稿子，认真讲故事，也认真地对待自己的身体，守护自己的家人，寻找自己的真爱吧。

一起加油。

▶ 8

最后，还是欢迎你们常来微博微信看我，以及看最新的书讯和消息。微博名是"烟罗猫猫"，公共微信名是"烟罗"，一搜就能找到。祝大家都拥有你们向往的健康生活和美好未来。

——烟罗

2017 年 2 月 21 日星期二

那一年，小桥十七岁，遇上了她生命中像光一样的那个人。
她被灼伤，也被照亮。
而对江流来说，一切只是开始，生活没有意外。

小桥
流水

花田柳树青蛙，小桥流水人家。

▶ 1 人生的第一口烈酒······

五月末的大片新绿，已过春天鼎盛景象，渐渐由浅及深。

明明是混乱忙碌至死的考试季，同宿舍的女孩子幼果，竟好奇地混进了一场大学联谊。

"很后悔给了那个人宿舍电话，后悔死了！"身材娇小面庞如洋娃娃般可爱的幼果坐在下铺用力地踢打床板，发出抱怨。

"现在想来，那个学长只是个子高一点，长得太普通，气质也很烂，声音都像老头子一样沙哑。"

她突然眼睛一亮，睡在她上铺的小桥正缓缓地从铁质楼梯上小心地爬下来。

虽然她已经用如寒冬夜曲般凄凉的语调荼毒了半天全宿舍人的耳朵，但迟钝的小桥分明一直沉浸在她手中的小说世界，情绪丝毫未受影响。

"小桥，如果那个人来电话，你帮我接吧！"

"什么？"

"你就说你是幼果，对方聊几次觉得和你聊不下去就会自动退缩了，这样也省得伤了带我混进去的姐姐的面子。"

"什么啊……"

"拜托啦！"

长相平凡、性格木讷，还特别害怕得罪人，所以总是小心翼翼地对每个人赔着笑脸。

十七岁的小桥，第一次接男孩儿的聊天电话，任务只是用自己的无趣吓跑他。

晚上十一点，电话准时响起，话筒被一把塞到小桥手里，而其他的女孩儿都在偷笑。

"你好，我是江流，请找沈幼果。"

略微低沉却依然如钢琴音色般清冽顺滑的温和男声从那端传来。

小桥的手心都是紧张的汗。

"你好，我是……沈幼果。"

说出谎言的一刻，她的脑袋里塞满了从四面八方骤然响起的低低的并无太多恶意只是满含着一点恶作剧的小兴奋的女孩儿们的轻笑。

她觉得不知所措，感觉自己可能一句话也接不下去。

但是……她晕头转向间竟感觉出一丝丝清明，在混沌里飘荡。

这个人的声音，江流的声音，并不沙哑，更不像老头子。

其实……挺好听。

▶ 2　他擅长沉默，她擅长装傻

那个电话，每天晚上十一点准时响起。

女孩儿们也渐渐从开始的嬉笑八卦，变成了失望无趣。

"喂，小桥，你要是实在忍不了，就把电话线拔了吧。"另一个女孩儿叶微偷偷提醒。

"这个江流真的好烦啊，明明没有话说，干吗还一直打来！"幼果把沉甸甸的一摞复习资料砸在床上。

"并不碍事。"小桥安慰她们。

是真的不碍事，从开始相对无言的尴尬惊慌，到变成一种习惯。

电话放在耳边，人在上铺，眼睛看着小说。

话筒那一边的细碎声音，是另一个奇妙世界。

细碎但很少间断的有节奏的键盘敲击声，电脑风扇的细微声音，偶尔椅子挪动的声音。

"稍等，我去倒杯水。"对面的人起身。

她就自然地答一句："嗯。"

也许一整晚的电话，直到入睡，小桥就只会发出这样两句"嗯""再见"，而江流的出声也并不比她的多几个字。

她也不知道这种模式是怎样开始和继续下去的，也许是江流的莫名镇定感染了她，她开始觉得接这个电话好像并不需要怀有某种目标。

他做他的事，她做她的。

他擅长沉默，她擅长装傻。

幼果显然没有想到会是这样的发展，她只觉得怪人遇上了怪人。

然而小桥不生气，于她也没什么损失，慢慢就当这回事不存在了。

慢慢地，小桥也会鼓起勇气说几句类似"今天下大雨了啊"这样的毫无意义的话，江流也会温和地询问"你们快考试了吧"。

五月的新绿渐沉变成了六月的蔷花怒放，有一天，曾经带幼果混进联谊会的学姐突然出现了。

"幼果，你和大牛聊得怎么样啊？不好意思啊，那天我有事没赶到，听说你和大牛交换了电话。"

"呃……有在联系啦……等等，学姐，江流的外号叫大牛吗？"

"什么啊，你怎么会知道江流？！江流是大牛的舍友，是我们系有名的学霸男神啊！"

"啊啊啊，那大牛是谁？"

"大牛叫牛历啊，那天你们不是聊得最多吗？那天江流根本没去啊，他从来不参加联谊，难道牛历告诉你他叫江流？！这小子敢这么不要脸！看我回去怎么羞辱他哈哈哈……"

"等等！学姐，我有点混乱……"

"混乱什么？牛历和江流？完全是神性画风和魔性画风的差别好嘛！来来来，给你看我上次辩论会上拍的正版江流的照片，颜值十分、高冷十分、智商十分的超级男神，对了，满分就是十分！"

摁亮的手机屏幕上，穿着白色衬衫的年轻男子气质清冷，他站在四辩的位置发言，双目专注地看着对面的对手。

只是一个精致的侧面，然而那一点不食人间烟火的傲然，让幼果的整颗少女心瞬间燃烧。

"喂喂喂！沈幼果你要拉我去哪里？"

"去确认一件事！"

宿舍门"砰"的一声被推开，正抱着一盆刚洗完的衣服准备去阳台晾晒的小桥吓了一跳，还没等她反应过来，已经被幼果一把拽了过来，手里的脸盆掉在地上，塑料盆随之发出闷闷的声响，湿漉漉的衣服也跟着跳了一跳，飘起一层干净好闻的香气。

"小桥，你现在给江流打个电话！"幼果按下电话的免提键。

小桥犹豫地看墙上的钟："呃……可是，我没有打过去过。"

幼果不由分说地翻电话机里的记录回拨，居然是个手机号码。

电话只响了三声就被人接起，那一头，江流熟悉的温润清朗的声音被扩大到整个宿舍。

"你好。"

幼果推小桥，小桥懵懵懂懂："那个……"

她尴尬症发作，不知道该怎么接下去，只得用眼神向幼果求救："那个……江流你吃饭了吗？"

边上那两个人却像石像一样失去了任何动静。

对面的江流好像敏锐地察觉了什么，他没有回答小桥蠢蠢的问话，也没有问她为什么第一次回拨他的电话。

他静静地停顿了几秒，突然轻轻笑了一下："是被发现了吗？"

小桥正茫然，边上突然伸出一只手，把电话按断了。

幼果（抓狂）："不是那个人的声音！不是那天那个人！不是大牛！不是牛历！"

学姐（花痴）："……这个真的是江流哎……"

小桥不知道该继续去晒衣服，还是该说点什么。

她感觉，这个从来没有征求过她意见的恶作剧式的交友游戏，现在似乎出现了一点不可控的意外，不知道为什么，她的心里竟然有一点小小的高兴和失落。

这几日，有一些树枝伸到了阳台边缘，树枝上开着不知名的小白花，总引得蜜蜂在附近嗡嗡地飞舞，金黄色的小小身子在阳光下闪闪发亮。

小桥在关键时刻又走神了，她想：考完试，就要放暑假啦！

▶ 3 他像一张好看的画

幼果说：小桥，这是一个错误。

幼果说：小桥，学姐说，大牛请我们吃饭赔礼，江流也会来。

幼果说：小桥，那我就去了啊！反正你和江流在电话里也没说过几句话，估计他连你的声音都没听清，我就说接电话的是我，让大牛欠我一个人情……居然敢戏弄我，哼！

幼果说：小桥，拜拜！

中午，太阳照进宿舍的窗子，叶微跑去拉上窗帘，阴影唰地遮住了临近夏日的燥热。

她恰好路过小桥的床边，突然发现，小桥好像在忧伤。

一向傻乎乎温吞吞、情绪无起伏的她竟然趴在床上静静地听歌。

叶微凑过去，好奇地摘下一只小桥的耳机塞进自己的耳朵里。

只听到一个清朗的女声在念：

Love is a carefully designed lie……（爱情是一场精心设计的谎言）

学霸叶微就炸了。

全宿舍里就数她和小桥关系最亲近，别人都觉得小桥好糊弄好欺负，只有叶微觉得小桥只是太善良单纯。

幼果利用完小桥又抛下小桥这一出戏她早就有点不平。

现在看来，单纯乖巧的小桥果然是受伤了。

叶微用力推动小桥，像推动一只巨大的乌龟："周小桥，你起来！我知道沈幼果她们在哪儿吃饭，咱们杀过去看看，我陪你！"

小桥被她一个大力神推，居然乖乖地翻了个身，露出脸来了。

然而，哪里有什么想象中的泪水、忧伤、哀愁……倒是有一双懵懂睁开的惺忪睡眼，和嘴边尚未擦净的一丝口水。

小桥："啊……我听英语广播练听力怎么睡着了……"

叶微目瞪口呆，继而捶胸顿足，拂袖而去。

她这是操的哪门子春心……虽然饱阅小言情，然而小桥本人明明是一枚情愫未开的幼女……什么男神什么江流对她来说可能只是一个代表字母 A 或 B……

小桥被叶微推醒后，倒是静静地躺在上铺想了起来。

她突然觉得，她也许真的应该去看江流一眼。

说不出是怎样的心情，只是觉得，大概从此以后，她再也不会接到他的电话了，因为这出戏，已经不需要她了。

当时幼果塞给她这个任务，给的理由，她其实也是有一点点伤心的，但她没说。

现在幼果结束了她的任务，不知道为什么，她其实也是有一点点伤心的，但也没说。

她想，可能是因为缺少了一个句号吧。

在所有的标点符号里，小桥最喜欢的是句号，圆圆的、完整的，没有遗憾。每一次打上句号，她心里都像完成了一件重要的事似的，充满了平静。

她觉得她和那个与她通了一个月电话的声音间缺少一个句号，哪怕这个句号是她臆想出来的，是她一个人的。

嗯，一定是这样，所以心里才会有点难受。

她像一只反应慢半拍的乌龟一样，挪动着她的身体，从上铺慢慢地爬下来了。

她轻轻拉开叶微床上的帘子，伸进头去，有点小害羞地说："那个……叶微……等我洗个脸，你陪我啊……"

幼果和大牛他们吃饭的地方定在学校附近最好的一家餐厅，叫"甜过人间"，是一家情侣餐厅，但有钱的学生也会来这边聚会。

在幼果和学姐为剁了大牛一餐而欢呼的时候，全宿舍就都听到了这个高级餐厅的名字。

当叶微拉着小桥大摇大摆地走进餐厅时，已经是下午一点多，就餐的人多半都已经散了，所以她们一眼就看到了幼果那一桌。

叶微笑嘻嘻地跟幼果打招呼："Hi，沈幼果！你也在这里吃饭呀？我和小桥也刚刚在那边吃完饭呢！"她随手胡乱往远处一指。

幼果的小脸唰地就黑了几分，她强笑道："你们怎么来了？"又有些不情愿地转头介绍，"这是我同宿舍的同学……"

　　一个个子很高的戴眼镜的大男生站起来笑容满面地招呼她们一起坐，他一开口，小桥就明白他就是传说中"长得普通气质很烂声音像个老头子一样沙哑"的大牛。

　　在座的还有之前见过面的学姐，而坐在靠窗的那个人，大概就是江流。

　　小桥看到江流的第一眼，阅言情无数的她第一次明白了什么叫"他身上有光"。

　　那个人安静地坐在他们中间，一直没有开口，在那么多叽叽喳喳的声音里，在那么多变幻莫测的表情里，他像一张好看的画，画里画着一月的浅灰天空里细碎飘起的小小的凉凉的晶莹的雪。

　　原来，就是这个人。

　　她接了他一个月的电话，她记得呢，他一共打来过三十三次，风雨无阻。

　　他声音很好听，性格很冷静，做事很认真，对时间的精确掌握非常敏感。他每天都会看当天的卫星云图来判断天气走向，喜欢喝水，休息的方式是打某个很老的即时战略游戏。

　　她猜他应该是个游戏高手。

　　她猜他住的地方应该环境不错。

　　她猜他应该很成熟自信。

　　她原来偷偷地猜过那么多，然而她一次也没有猜中，他会比她能想象到的所有，加起来更好。

　　小桥摇头阻止了叶微准备坐下来的举动。

　　她小声说："要上课了，我们快回去吧。"

▶ 4 这一刻起，故事的走向发生了变化

晚上的时候，宿舍里众人兴奋的声音在宿舍里跳跃回荡：

"那个江流真的那么帅？"

"什么啊，说帅什么的太肤浅了！完全是看照片就想舔屏的节奏！幼果，把你手机拿来再让我舔一下……"

"听说还是学霸咧！才大二就开始和人合伙开公司了！"

"气质那么禁欲嘤嘤嘤好棒……"

"幼果你是不是喷着鼻血回来的……"

"所以说那个大牛是上次见面时觉得你漂亮可爱，所以想把你介绍给他的高冷禁欲系好友江流？而一向不食人间烟火的江流居然真的乖乖打了这么久电话来？"八卦社团资深会员薛玲玲不厌其烦地确认细节。

"是啊。没想到，他们的小把戏被我发现了！"幼果得意扬扬。

"一群奇葩。"一直没有参与花痴讨论的叶微低声评价了一句。

幼果本来就对叶微、小桥中午突然出现在餐厅的事有些不满，稍微分析了一下就知道是叶微拉着小桥去的，小桥那软绵绵的性格，自己哪里会有这个胆子？现在听到叶微又在公然呛她，不禁声音带上了怒气："叶微，你什么意思？"

"没什么。不过，你不也是骗了人家江流那么久吗？嫌弃人家丑就把电话推给小桥接的事，忘得真快啊！"

幼果把脸一沉，她虽然个子娇小，但沉下脸来的时候，还是很有一些

气势的。

她一字一句地宣布："周小桥接电话的事，以后谁再提，我就和谁不客气了！因为，从今天起，我要追求江流！"

薛玲玲（狂笑）："哈哈哈，幼果你要亲自追男神？好劲爆好劲爆！"

叶微（无语）："……"

其他人（火上浇油）："支持！女神追男神！幼果肯定成！"

小桥（语气弱弱）："呃……大家……我可以关灯了吗？"

就在这时，熟悉的电话铃声突然响了起来。

每个人的目光都唰地集中在了那部红色的电话机上，从来没有哪一次，这小小的女生宿舍里的六个人，反应这么整齐划一。

幼果竖起手指，做了一个嘘的动作，然后清了清嗓子，拿起了话筒。

电话里传来的，是她在期待的那个声音。

"你好。"清润如水的音色。

"江流。"幼果刻意放低了自己的声音。她和小桥来自同一个地区，平时都说普通话，基本没有什么口音上的区别，又都是青葱少女，声音清甜，不同的是幼果的声调是清脆的、娇俏的，而小桥的声调是软软的、弱弱的。

今天见面时，她稍微模仿了一下小桥说话那种慢吞吞的语速，就顺利蒙混过关了。

所以，她很有信心在电话里也蒙过去。

对方沉默了两秒。

幼果的急性子顿时有些按捺不住，脱口而出："江流，你今天电话来晚了十分钟哦……"

江流"嗯"了一声。

他保持着她中午见面时波澜不惊的语气："请帮我找一下小桥接电话。"

幼果愕然："小……小桥？你不是找我吗？我是幼果啊！"

"沈幼果，我找周小桥。"

幼果没有立刻放下话筒，她身体有些笨拙的样子，缓缓地转过去，看看叶微的方向，又看看小桥的方向。

宿舍的大灯已经被小桥关掉了，借着一点台灯的微光，每个人都看到了幼果脸上的表情有些吓人。

谁都不知道发生了什么转折，也不知道，从这一刻起，故事的走向发生了变化，被迫戴着面具的主角少女并不是委屈离场，而是懵懂登场。

江流那边，仍是不急不徐地再一次提醒："喂？我找周小桥。"

幼果猛地摔掉了电话，话筒撞到墙上，发出一声闷钝的声响。

她扑到自己的床上"哇"地哭了。

▶ 5　好好学习，天天向上

上午过完，小桥收拾好自己的东西，抱着几本书，慢慢地走出教室。

她有一个坏习惯，一有心事，走路就不抬头看路，以前有很多次撞到过树或人，但一直也没完全改过来。

这一天，也是这样。

她还在想着昨晚的事。

想着江流在电话里什么都没提，好像这个电话一如往常，而她的心跳变得比以前的任何一次都更快、更猛烈。

一向迟钝的她，像是突然遭遇了灵光，全身细胞的敏感度都被无限提升。她甚至怀疑自己听到了电话那一头，那个人平静而规律的悠长呼吸声、稳健而有力的心跳声，像寒冷的山林里掠过松针身上的清风。

她的手心满是汗水，是这个温度里不该有的热与慌。

她知道满室的女孩儿都没有睡着，都在竖着耳朵听她的动静，她也知道幼果一定蒙着被子在哭。

但是，她的心跳太急太重，让她什么都判断不了。

不知道过了多久，江流对她说了晚安。

早上出门的时候，幼果的眼睛是红肿的，其他人看她的表情是异样的。

叶微和薛玲玲都见缝插针地抓着她问了很多次，无论问者是出于怎样的心情，小桥的面上，始终是真诚的茫然。

换来沈幼果用力摔门的愤怒，砸下一句"心机×"，骂得小桥分外难过。

没走几步，小桥感觉到身边经过的女生们异样的动静。

她下意识地顺着她们的议论抬起头来，傻傻地看过去，突然间，她不会动了。

他站在校道旁的一棵大树下，微笑着看着她，像温柔地唤一只小狗一般，清楚稳定地唤出了她的名字："过来，周小桥。"

那一刻，周围的空气，都被这个像风景一样耀眼的男人，魔法般点燃。

小桥不知道该怎么办，她连走过去的勇气都没有。她呆呆地看着江流，像个坏掉的小木偶，觉得自己丢人极了。

最后还是江流叹了一口气推着自己的自行车走了过来。

他说："跟我走。"

小桥"嗯"一声，抱着自己的书，颤颤地迈开了自己的腿，跟在他的身后。

走了几步，江流忍不住停下来，回头看她一眼。

小桥机械性地前进着，一下根本刹不住，直直地撞到他的身上，又是一阵天旋地转。

她简直要哭起来了，被自己蠢哭了，眼泪都浮上来了，快要看不清江流的脸了。

"周小桥，我带你去吃饭。"清澈的、微缓的、耐心的。

她"嗯"一声，仍是点头。

"周小桥，吃饭这件事，是我们每天都要做的，是一件美好的事，并不是上刑场。"

随着他这句话，小桥莫名其妙的眼泪，"啪嗒"一声，掉了下来。

与此同时，她的耳朵里"嗡"的一下，有什么东西，似懂非懂地炸裂开来。

那条林荫路，无数的同学走过。

每个经过的人，都无法不看向站在那里就仿佛会发光的江流。

但没有人知道发生了什么事。

只有后知后觉的小桥自己，知道她生命里最初的幻想，此刻已经真实发生。

初心如水，初恋如酒。

那么多人都在场，而她根本不敢抬头看他。人生的第一口烈酒，却是为他懵懵懂懂一口饮下。

很久以后，小桥努力回想，也想不起那一天，江流和她吃了些什么，聊了些什么。

一直到他送她回学校，她仍是飘着的、晕着的。

唯一记得的，是这样一段对话。

"以后想做什么？"

"没想好……"

"那就好好学习，天天向上吧。"

"啊？"

"你最后一年好好复习，考到我现在的大学来。"

"我？我考不上的……"

"如果说考上了，就可以和我在一起呢？"

"啊……"

江流站定了，他抬起头，那一抹穿着白色衬衫的清瘦颀长的身影在绿意盎然的浓荫下，像醉入人心的盛世美景。

不知何时，一枝缀满粉色花朵的爬藤蔷薇从墙的那一边袅娜地探出来，把柔软的手臂轻轻地缠在大树较低的枝丫上，想要奋力地朝落满阳光的树顶爬。

江流突然原地跃起，伸手一掠，小桥还没有反应过来，他已经轻松地落在地上，向她转过身来。

他的手指间，是一朵开得正好的蔷薇花。

"预付的诚意金。"像在说再正常不过的事，他向她解释，且向她伸出手去。

纤长有力的手指间，美丽的花朵如同少女的心动，散发着醉人的香。

看到她完全傻掉不知所措的表情，江流似乎又改变了主意。

"算了。"他低声说，手掌一动。

小桥大惊，以为他要收回花，情急下傻傻地伸手去拦。

"我考！我好好考！"

不料江流只是抬起手来，想把那朵花插进她的发间。

她纤细的手指触到他温热的手背，两个人都是微微一滞。

几秒后，江流镇定如初地继续了他的动作，把花朵插进了她的发间。

"周小桥。"他的手指像无意般，轻轻梳过她日渐长长的头发，经过她瘦瘦的肩膀。

他语重心长，声音肯定，如清风皓月，语重心长："小桥姑娘，就这么约定了，我在 C 大等你。"

▶ 6　她上辈子可能拯救了银河系

后来，男神江流，就一直叫这样称呼他心爱的小姑娘。

小桥姑娘，小桥姑娘。

他自问不是一个太多情的人，因为太过自信，所以有些我行我素，对女孩儿，更是出了名的高冷。

可是，到底是怎样的缘分造就，他前半生所有的温柔和耐心，仿佛都给了平凡的小桥。

没有人知道为什么。

幼果不知道，大牛不知道，小桥自己，也不知道。

几年以后，在周小桥已经彻底成了江流的个人饲育专宠小萌物后，终于有一次，她还是忍不住追问她的高智商男神："江流，你那次和大牛是打了什么赌，所以要代替他给幼果打电话？"

其实问过好多次了，但他总是笑笑不答，随便糊弄一下就过去了。

她一向是特别随遇而安的，他不想说，她就不问。

只有这件事，她实在好奇。

因为，这是她一生最重要的缘起，因为那错位的电话，才会阴错阳差成全了她的童话。

江流正在看书，听到她问，本来依旧不想回答。

但低头一看，头发已经长至腰际的小桥半趴在他膝头的姿势像极了乖巧的幼猫，他伸手就能揉到她的头发，鼻尖嗅到的都是她独有的香气，那求知若渴的眼神更是让他心情愉悦。

所以，他就破天荒地解释了这个问题。

"他那天很无聊，所以非要和我赌……下节公开课老师会先点他回答问题还是先点我。"

小桥瞠目结舌："这叫什么打赌……"

就算智商低如她也知道公开课肯定会点成绩倍好有面子的江流而不是大牛这种发挥很无常的学癫嘛。

"他说如果老师先点我，我就输，我输了就要帮他打三个月的联谊电话。"

明明必输好吗？！

"那你为什么和他赌？"

可能男神智商当时被什么东西吃了？

"因为……"江流深深地看了她一眼，放下手里的书，一只手轻轻一盖，遮住了她的眼睛。

"只要我同意打这个电话，他会连续三个月，每个周末都亲自下厨给我做一锅牛氏啤酒鸭。"

鸭……

所以，大牛做鸭的手艺很超凡？

作为一个万众瞩目的男神，私下贪吃到这种程度，为了几只鸭完全失去原则……真的不是病吗？

所以，大牛故意安排这一出，是想拯救和开发他这个二十一岁初恋尚在的冰山室友吗？

再所以，她的缘分是一堆鸭成全的吗？

……

小桥觉得自己的智商才是被狗吃了，不，可能这东西从来没有存在过。

因为江流明明已经清楚地回答了她所有的疑问，但她用力运转她的大脑的结果，是更加茫然了。

不管怎么样，那都是一个美好的赌约。

江流是美好的，爱情是美好的，大牛是美好的，啤酒鸭也是美好的。

她上辈子可能拯救了银河系，于是世界待她不薄。

江流温暖的手掌覆盖着小桥的眼睛，感觉到她细软的小睫毛不安分地在他的掌心眨动，弄得他痒痒的，心里也有点像春风拂过的小湖面，有点恍惚。

他确定此时不看她的眼睛是个好主意。

因为，他能想象听到这个答案，她眼睛里各种惊诧，一定很伤他自尊。

他承认，这个玄奇的开始是有点儿不那么英雄，然而，他又告诉自己，因为是他，他是能够化腐朽为神奇的江流，所以，事件的走向变得非常完美不是吗？

他捡到了一只迷途松鼠，而她显然如此开心被他饲育。

至于贪吃至此什么的不符合男神身份的词……

江流突然迅速放低头，同时，正抚摸着小桥头发的那只手微微加力。

小桥那颗黄豆般大小的脑，还在那用力辛苦地处理着各种信息，就感觉到一个熟悉而柔软的触觉，飞快地、蜻蜓点水般地，触碰了她的嘴唇。

很好。

看到小桥瞬间全身僵硬，毛都仿佛炸开了的呆滞模样，江流满意极了。

他敢肯定，这只松鼠此刻已经因为受到的冲击太大，把前面那一段奇怪的关于鸭的讯息，全部忘光了。

▶ 7　乖，你走过来

其实，小桥遇到江流后，在他的邀约下，决定最后一年冲刺 C 大——那一年的时间，真的是很辛苦的。

但是现在，她已经把那些苦全忘光了。

只记得那一年，她最心爱的言情小说，她一本都没有再碰过。

铺天盖地的记忆就是题。

刷题，刷题，刷题。

一道一道地刷，一本一本地刷，一科一科地刷。

依稀记得有一天不得不停下的原因，是身体实在超过了负荷，导致她看到题卡就"哇"地吐了出来。

她从来都不懒，她只是胸无大志，没有方向。

她的父母都是善良温暖的小市民，从小对她最多的要求，不过是平安，乖巧，与世无争，回家吃饭。

所以，当有一个太阳一样的人出现，在她的前方，微笑着对她伸出手说，乖，你走过来。

她知道那是她要的方向，她就会拼命地傻傻地固执地走过去。

大牛不得不承认，他这个哥们儿，真的是天才。

一年后，C大迎新，当他在一大堆花枝招展的学妹中，看到拉着一个果绿色行李箱，背着两个大包，傻傻地站在那里朝他们笑的周小桥时，他嘴里正喝着的矿泉水，像瀑布一样喷了出来，在初秋温暖的阳光下，瞬间幻化成一道短暂的彩虹。

江流要小桥考C大的事，他当然早就知道了，但他一直觉得，那根本不可能。

因为他打听过小桥的成绩，打听完后他觉得江流此举简直不厚道。

和江流提起此事，此人总是一脸的风轻云淡深度欠扁。

"她没问题的。"他说，"周小桥，就是最适合做爆发性冲刺的那种人。"

事实证明，他说过的，就没有不准的。

大牛瞅着小桥。

这姑娘依然面容平凡，但似乎又长开了些，简单的五官显出清秀来，与身边的各色花朵相比，倒也有几分简单可爱。

他回头："江流……她……"

然而原本在他边上接受各种目光朝拜的江流男神，却已经不见了。

C大那条百年林荫大道上，发生了一阵异样的骚动。

很多人都听见了那一阵齐刷刷的倒抽冷气的声音，像一阵小小的台风，刮过了每个人的皮肤，引起了青春里最热烈也最微妙的战栗。

然后他们又发现，发出那个声音的人，竟然也有自己。

在C大，大概没有人不知道江流，他是C大的骄傲，也是C大的传说。

他那高冷禁欲系的性格，如天边的云朵，可看却不可触摸。

但是那一天，在人山人海的迎新现场，一身白衣如雪的江流，径直走向了一个拉着果绿色行李箱的普通新生女孩儿。

小桥可能从来没有想过，她会有成为焦点，被密密麻麻的目光围在中间狠狠扫描的时刻。

但她对此毫无压力——因为，有江流在的地方，她的眼里就自动只剩下了江流。

她大概永远也不知道她曾经被这样瞩目过。

他穿着好看的耀眼的白色衬衫呢。

他迈开长腿向她走过来。

他朝她微笑，那个笑容可以融化冰雪。

他站在她的面前，恰好比她高出一头。

他接过了她手里的果绿色行李箱，哦，这个颜色是不是有点幼稚？

他，伸出一只手臂轻轻拥抱了她。

这是他们的，第一个拥抱。

在到处都在高喊着"学弟学妹，欢迎你们来到C大"的热情声浪里……

江流用全世界只有小桥一个人能听见的温柔的声音，在她耳边镇定地说：

"小桥姑娘，欢迎你来到……我的身边。"

▶8 大牛差点把键盘打烂

大牛跟着江流在游戏里奋勇厮杀。

江流操纵的鬼怪法师是无敌的团队领袖，大牛操纵的半狼人屁颠颠地鞍前马后神补刀。

小桥窝在窗边的灰色沙发上看小说。

　　大牛杀到爽时，侧头一看气定神闲的江流，突然想到一个问题问老友，压低声音凑过来。

　　"我说，江流，为什么那么多大长腿美女都没有融化你这座冰山，你却选择了小桥？"

　　江流淡淡看他一眼："掉血了。"

　　大牛朝屏幕一看，吓得赶快缩回座位全力操纵。

　　江流却抬头看了看窗边窝着的那团身影，在稀疏的阳光下，她长长的头发闪着柔柔的光，专注地盯着手里小说的眼睛，弯成了花痴状。

　　他出声唤她："小桥。"

　　下一秒，她就像森林里最灵活迅捷的那只松鼠般，蹿到了他的面前。

　　"要吃芒果吗？要按摩吗？要卖萌吗？"

　　米白色的简单的宽松布裙随着她风一样的速度荡起微微的波纹，江流一只手没离开鼠标，一只手却轻轻揽过了她的腰。

　　小桥像十六岁的少女一样，脸唰地就红了，红得快要滴出血来。

　　大牛秒懂。

　　这就是小桥最诱人的地方，她没有大长腿也没有美艳容颜，但只要面对江流，她就永远活在十六岁的初恋状态里。

　　一年，两年，三年……

　　现在，已经是他们在一起的第三年，小桥对江流，却仿若第一天相见。

　　这是每个男人殿堂级的灵魂享受。

　　江流用手指绕着她刚刚及腰的发尾，用他一向冷静清朗的声线说："晚上大牛要做啤酒鸭，你看看冰箱里食材还够吗？"

小桥应声而去，脚步儿飘飘。

大牛差点把键盘打烂。

江流本来对他的人生就是各种辗压，唯一的一个爱情缺口，还被他手贱地给补漏补上了。

他现在看起来，完全是在秀恩爱。

江流微笑。

是的，他就是在秀恩爱，没办法，现在他的人生，每天都是恩爱。

大牛好想撞墙。

他郁闷地大喊："小桥，给牛哥来罐可乐！"

小桥立刻软糯地应了，没几秒就递上来，冰好的，插好了吸管儿，是他喜欢的可口不是百事——他都不知道这丫头什么时候留意到的细节。

大牛一边喝可乐，一边长吁短叹，心塞塞的，泪汪汪的。

江流的选择太不动声色太有智慧了……

江流一边不动声色地瞄一眼大牛，一边轻巧地避让，瞬间在游戏里让出一个明显的机会来，大牛立刻毫无防备地冲上去了。

然后，大牛就英勇牺牲了……

江流表情一点都没有变化，继续操作。

让大牛的郁闷来得更猛烈一点吧……

他才不是善良的小桥姑娘呢。

为什么会选择小桥？他从来没认真想过这个问题。

现在想想，开始的时候，他只是觉得，电话对面的女孩儿，性格和他一样古怪。

在电话里，他不常说话，她也不吵闹，不为难，不自苦，像一阵弱弱的可以忽略也可以记忆的微风。

大概在通话的第二次，他就敏锐地判断出接电话的人并不是大牛向他介绍的沈幼果。

但他也并不关心电话那头的她是谁。

总有零零碎碎的声音传过来，那些设计了恶作剧的女孩儿，从没想过他在不在听。

"小桥，拉一下窗帘！"

"小桥，我'大姨妈'来了不想下床，你去关一下灯……"

"小桥，明天把上周发的 B 卷借我一下，我的掉了要去复印。"

"小桥，递我那本书……"

小桥，小桥。

他隐隐猜测到为什么接电话的会是她了，她真是来者不拒。

而心里微微一动，大概是从她第一次没有按沈幼果的意愿躲起来，而是主动跑到了他的面前开始的。

男孩儿们眼神叵测，女孩儿们各怀心事，而面容平凡的她不知闪避地看着他，傻傻的样子干净纯良。

他一眼就看得通透，也许这是她一生里，做过的最勇敢最忤逆他人意愿的事吧……

因为，她想见他。

是谁说过，这世间，谎言本已太多，真心无从识别。而一个少女在合适的时间里红透的脸庞，胜过千言万语。

上天自有安排，无论是缘是劫。

那一刻，他知道他有了微妙感觉。

他从来没有见过在这个年纪还像一张白纸一样的女孩儿。好像任他在上面涂抹什么色彩，她就会呈现什么色彩。

他担心她遇上拙劣的画手，将她涂坏。

所以，他只好把她带在身边，亲自动手。

▶ 9 你明明可以带我装逼带我飞

有一天，小桥突然问江流："江流，你最喜欢我哪一点呀……"

问这话的时候，她脸红红的，怪害羞的。

正是八月暑假，江流小小的办公室里，空调开得挺足，绿萝繁茂，清新的绿色后面，是那个人运筹帷幄的好看的脸。

江流毕业以后，没有选择时下流行的出国再深造，虽然有很多的机会，但他却选择了当个互联网民工开始独立创业。

其实大二开始，他就和师兄们合股开过一家公司，但那都是小打小闹，他只是技术参股，天塌下来有师兄顶着。

现在，才是真正艰难的新起点。

大牛说：你明明可以靠颜值吃饭，现在却要靠智商！

大牛说：你明明可以靠老爹吃饭，现在却要自己找虐单干！

大牛说：你明明可以带我装逼带我飞，现在却要我陪你吃糠咽菜！

江流友好地拍拍大牛的头：“对对对，牛哥你都对。但是看到小桥，你要和她说这些，我就慢慢地扒下你的头层牛皮。”

是的，那些很重很重的压力，那些前路茫茫的担忧，正趴在他的大办公桌另一头，支着台小小的红色笔记本奋力敲击，用文字构架她的幻想小世界的小桥姑娘——她都是不知道的。

因为，他不想让她知道。

最喜欢她哪一点呢？

他慢慢喝了一口今年新出的铁观音，像个退休已久看透世情的老干部一样，温和地真诚地回答她说：“最喜欢你很安静，因为我很怕吵。”

看到她一个激灵立刻把身体缩到了笔记本后面，紧紧地闭上了嘴巴，却还时不时偷瞄他一眼的可怜样子，他所有的烦闷一扫而光。

其实，安静什么的，早知是个错觉……

自从小桥被他养开以后，就变得一点都不安静，嗡嗡嗡嗡像个突然全面苏醒的话痨。

小说里好笑的情节，小摊上好吃的食物，这一季新鲜的水果，小区里新植的花树，做梦的时候梦见脑袋在电线杆上撞了一个包——她的世界啊，总是那么小。

他很有耐心地听她说，轻声细语的，犹犹豫豫的，天真害羞的，觉得原来在他的世界之外，尚有一个这样的世界，如此简单奇妙。

他还喜欢时不时故意逗她一下，看她紧张的样子，看她卖乖的样子，看她怕他不再喜欢自己时担心的样子。

大牛说他挺邪恶挺变态的。

对对对，大牛都对。

可是，他就只对他的小桥姑娘变态一点啊，屋中之乐，关他人×事。

从小到大，很多人都觉得，优秀的江流，应该是一个梦想很大的人。

他爹是个军官，退伍以后，从了商，这些年凭借敏锐眼光和过硬人脉，赚得偌大家业。

但老爹心中始终存有未完的英雄梦，所以自小寄希望于他这个独子，希望他在和平年代，也能以一己之力，做一些有益于世界有益于人民让地球变得更美好的努力。

可是，没有人知道，闪闪发光的江流，其实根本没什么值得歌颂的大志向。

他不想改变世界，也没有激情万丈，他只是被一些叫期望的虚无的东西推上了舞台，并且不允许退场。

他一度觉得自己是空虚的、茫然的、得过且过的。

可是，自从圈养了一只松鼠叫周小桥，江流突然对他的人生使命有了具象感。

他很小就懂得，这个世界，你要把舞跳得足够美好，背后付出的，都是暗无天日的辛劳。

对于自己选择了一条足够辛劳的路，他终于找到了具体的意义。

他这么努力，是为了守护那只天真的松鼠，在原始森林里蹦跳，在他温暖的口袋里睡着，在春天里遇见一只松果的时候，会自然地露出生命最本真的笑。

想了想，江流又放下了鼠标，伸手朝小桥招招。

小桥挪啊挪地蹭了过来。

江流轻轻揉了揉她的头发，问她："一颗苹果和威风凛凛见面了吗？"

小桥立刻眉飞色舞，叽叽喳喳："见到了！一颗苹果错过了最晚的那趟公交车，急得快哭了，这时候她一抬头……"

江流耐心地听她说着自己的新小说里的情节，嗯，她的男主角叫威风凛凛，女主角叫一颗苹果，两个人是在游戏世界里认识的。

小桥在网上连载小说，是从她上大学那一年开始的。

上了大学以后，她的世界除了他，又恢复了无所事事的茫然。

刷题海的日子过去了，她拾起了她荒废好久的小说，从排行榜的第一刷到一百。

有一天，江流牵着她的手在柳叶湖边散步。

她的手小小的、软软的，握在掌心的感觉让人不想放开。

他发现，无论何时他看向她，她如同小松鼠一样黑亮的眼睛一定是锁定在他的身上的。

他的衣袖，他的扣子，他的一缕头发，他纤长的手指和干净的手指甲。

小桥傻傻地想，咦，江流周围的空气，似乎都比别处的，更加清新一点。

江流一直知道，很多女孩儿都喜欢看他，但是没有人像他选的这个小姑娘一样，能把多年来镇定得像一座冰山的他，有时也看得心里痒痒起来。

她的目光，是春风十里比不过的温柔，深海千丈比不过的安宁。

是的，不是安静，是安宁。

她有一种让人能够放松身心的让灵魂都愉悦的力量，就像氧气。

于是，他温声对她说："小桥，你要不要上网写小说？"

小桥眨巴了几下眼睛，好像从未思考过这个问题："我行吗……"

江流点头："去写吧，日更一千字。"

江流说的话总是没错的，那就写。

小桥乖巧点头。

第二天，小桥喜滋滋地打电话给江流。

"江流……我可以日更三千！"她晚上回去试了试，心里有底了。

江流说她行的事，她怎么会不行？

江流微笑："那就三千吧。"

于是，在网站上写小说，每天更新，就成了小桥大学生活里，仅次于江流的重要事情。

一直坚持到了现在。

说到这里，小桥突然想起了什么，猛地从江流怀里挣脱出来，乐滋滋地仰着脸对他说："对了，我上次用马甲写了一个文，居然有一家影视公司看中了，和我联系说要拍成网络剧哎。"

江流微微抬眉："哦？"

小桥眼冒星星："你说要是签约成功，我是不是也可以参与选演员？我好想男主角选何舞啊……"

何舞是国内最近大热的小鲜肉演员。

江流："哦？"

他把小桥的脸轻轻扳过来，捧在手心里，鼻尖对着鼻尖，慢条斯理地问："他们选中的是那篇《霸道皇子爱上我》？"

小桥害羞地点头……

她知道那篇小说真的很傻白甜，羞耻指数五颗星，所以透明如她，也披上了马甲才发呀……

没想到竟然有影视公司正好好这口。

她认真写的那些小说反而无人问津哎。

江流一点都没有取笑她的意思，依然眉眼温和，温暖的手指轻轻抚摩着她光洁的小脸。

"我记得，那篇小说你还没有完结？"

"嗯！"小桥点头，她很惊讶江流竟然记得她每个小说的情节和进度。

"那我有一个情节上的建议……"

▶ 10　世外高人和霸道皇子的 CP 党

小桥在键盘上奋力敲打。

她真是太佩服江流了，世界上怎么会有这样聪明又好看的人呢？

他给她的那篇《霸道皇子爱上我》提了一点建议，在故事主线里加入了一个世外高人的设定，整个小说就立刻变得更有层次、更丰富、更悬念迭起了。

世外高人拯救了幼时摔下山崖变成了痴傻的男主。

世外高人重塑了男主的人生让他重回皇子身份。

世外高人是神一样的存在且无处不在。

……

加入这个人物以后，留言的粉丝果然爆增，欲收这个小说的影视公司也拍案叫绝。

小桥小心地给江流念那些留言：

世外高人好棒好帅……

霸道皇子软绵绵!

怒赞作者的脑洞!

233333 这才是小说的正确打开方式!

无比期待高人与皇子接下来的故事!

……

江流满意地点点头。

果然,加入了这个人物后,那个什么男主角,变得黯淡多了。

在他心里,自己就是那个世外高人。

这是微微有点儿吃醋的江大神独创的精神世界碾压法。

所以,至于以后男主角是要何舞还是张舞还是牛舞来演,都无所谓了。

反正他心里已经爽了。

而小桥则因此而忙了不少。

因为,那篇文章下面留言的读者大增,催更的人变得急切了。

她们有一个共同的名字,叫世外高人和霸道皇子的 CP 党……

影视公司对自己看中的小说竟然又踩中了男男暧昧这个热门爆点欣赏不已。

至于小桥,她真的不太敢把这个现象的真实内涵告诉一脸满意表情的江流……

尤其她自己的心里,其实也挺萌这对的……

心里舒爽了以后，江流大神优哉游哉地调侃说："小桥，以后我要是失业了，你写小说养我吗？"

小桥不假思索地点头，倒是让江流大感意外。

她认真地说："我早就偷偷算过了，我现在是网站 A 级签约作者了，今年网站给我的分成点数又提高了，加上出版社出实体书的稿费，加上卖影视的钱，我可以养得起你了……"

而后又小小犯愁："就是要买房付首付那还得努力一下……"

江流一低头把她后面的嘟囔直接封上了。

他真是作死啊，高智商人类和一只蠢萌松鼠到底有什么话题可谈……

在她的心里，他竟然真的是会无能到要靠她来养的？不不不，这个玩笑开大了，她能忍，他可忍不了。

过一会儿，待小桥脸上红晕稍退，气息终于喘匀了一点，江流已经想好了补救上个话题的方法。

"小桥，毕业以后，你到我的公司来当 CEO 吧。"

"CEO 是做什么的？"她问。

"就是上班的时候写写你的小说，淘淘你的宝。"

"哦。"

她乖乖点头，偷偷地把他抱得更紧了一点。

他说什么，就是什么。

他的世界他最大，她的世界，也是他最大呀。

至于她是不是心里真的什么都不懂，其实，一点都不重要。

她只确定，她会一直以他想要的姿态，站在他的身后，在现世安稳的每一天里，为骄傲的他偷偷藏起一点点力所能及的过冬粮草就好。

"小桥，要是我以后失业了……"

"那你也得养我呀，我可只会写写小说淘淘宝。"

资深强迫症患者江流对小桥这一次的回答很满意，这一页就翻过去了。

▶ 11 因为，他要做她的太阳

飞羽一直记得，她上大学的第一天，在宿舍里第一眼看见周小桥的情形。

她当时和新认识的花花、春子都已经彼此打了招呼，铺好了床，正在各自整理行李，忽然门口溜进来一个纤细小巧的身影，身后还拖着一个大大的果绿色行李箱。

"大家好，我是周小桥。"

飞羽想，这个周小桥，看起来好软呀。

头发软软的，声音软软的，笑容软软的，好像很好欺负，也好像很需要保护。

果然，她还没出声，下铺的花花就已经扑了过去，热情万分地接过了周小桥拖着的箱子。

"我是罗曼春，大家都叫我春子！快来，小桥，你的床在这儿！"

春子也探头热情地打招呼，飞羽就朝小桥挥了挥手。

果然软软的姑娘，运气都不会太差。

正打着招呼呢，飞羽就突然觉得门口的光线暗了一暗。

走廊上原本就够喧杂的声音骤然变得更加高亢起来，好像有什么好事正在发生。

正提着一个刚买来的红色塑料桶准备去打水的花花荡气回肠地尖叫一声，然后桶就掉地上了。

个子高高的男生，逆光站在她们的门口，根本看不清长相和表情，但是，所有人都毫不怀疑，他一定是好看的。

他身后突然出现的一个身影猛地扑到了他的背上，使他猝不及防间朝前踉跄了一步，进了屋来。

他抬起脸来，满室生光。

江流站稳后叹气。

"牛哥，我们无冤无仇啊。"

大牛嘿嘿嘿一笑，朝身后一指："兄弟不是故意的，是你的迷弟迷妹们推我……"

像是要证明他的话，门口呼啦啦围过来一圈男生女生，中间还夹着一个中气十足体重以一顶三的宿管匡老师。

"开学第一天就瞎挤挤瞎吵吵什么！你是哪个系的？你！还有你！不给新生带点好头，在这里瞎吵什么！"

人群中有声音不怕死地大叫了一句："匡老师！听说江大神的女朋友住这间，所以大家都来看看是哪位小学妹！"

匡老师恍然大悟地点点头，一指江流："原来是你找女朋友了，那情有可原，情有可原。"

飞羽："什么叫情有可原……"

匡老师您看那地上是不是谁掉了一坨节操？！

春子："这位大神是谁？"

花花："谁！谁是他女朋友！飞羽！春子！你们刚刚还自我介绍说是单身狗！你们为什么要欺负狗？"

飞羽："花花你闭嘴吧。"

春子："信我啊，我汪给你听。"

当新宿舍的混乱三人组终于意识到这个空间里还有一个软软的刚刚放下行李的周小桥时，她们一起张大了嘴巴。

飞羽："小桥？"

春子："小……小桥……"

花花："驱赶一切非单身狗类！"

小桥："对不起……"

她哪里见过这种阵势，曾几何时，她就是那路边的小草，枝头的碎花，空气里一点飞絮，平凡得甚至未曾发出过一道瞩目的光。

她只觉得晕头转向，仓皇间，她甚至在怀疑，大家在嚷嚷着的话题，和她有关吗？大家在急切寻找的目标，是她吗？

她，是江流的女朋友吗？

江流看到小桥一脸的不知所措，他没有立刻走过去。

他的心有些微微的疼，也有些辣辣的欢喜。

是啊，在别人的眼里，她或许是太平凡了，平凡得连她自己也不敢相信，生活会发生一些不那么平凡的故事。

可是，他相信她会适应。

她曾经是一颗小小的星球，现在成了他的月亮，她或许现在还没有发现，自己已经开始发出更耀眼的光。

因为，他要做她的太阳。

一根筋的花花还在锲而不舍地大叫："小桥！这位帅哥是你的男朋友吗？是吗是吗是吗？"

小桥："是……吗？"

她好像不会说话了。

哦，那个人啊，站在背光的地方，可是为什么，还是那么明亮。

因为他自己本身就在发光。

江流慢慢走过来，把手里开始帮她提的一个书包放到了她的床上。

他代替了小桥，回答花花说："是啊。"

他的声音不高，但不知道为什么，就能像一阵清冽的风，清楚地刮过了每个人的皮肤，激起了一阵异样的战栗。

他终于走到了小桥身边，伸出手去，轻轻拍了一下她的头顶，然后微笑着对她的新室友们说："你们好，我是江流，以后会经常见面。这位是我家的小桥姑娘。”

▶ *12* 汪汪汪汪汪

飞羽、春子和花花其实都是特别悲愤的。

她们经过了地狱般的高考争夺战，终于从祖国各地齐聚到这所 A 类学府，想着从此终于可以放纵不羁爱自由，谁知道新生报到的第一天，就成为了她们痛不欲生的开始。

好闪亮啊！

好耀眼啊！

好讨厌的感觉啊！

当然，她们说的就是无时无刻不恩爱的江大神和周小桥。

为什么世界上没有一条法律来告诉他们，严禁虐待单身狗！

不，即使有这么条法律大概也没用，因为，她们已经完全离不开万能的周小桥……

比如——

春子："小桥……我肚子疼……"

一个暖宝宝塞进了被窝。

小桥："你'姨妈'来了吧？你别下床了，我等会儿要去买水顺便给你带碗热的粥。"

飞羽："小桥你又惯着她！"

小桥："嘻嘻！"

飞羽："要不咱们今天点外卖啊？一起点省送餐费。"

花花："好啊好啊，我要吃上次那家的鸡腿。"

小桥："那你们报单吧，我下完单再去买水。"

花花："那小桥晚点你给我在图书馆占个座，要靠窗的，我要过去看漫画书。"

飞羽："花花你也学会指挥小桥了！"

小桥："没关系，我反正要过去写作业的。"

飞羽："又是陪江大神去吧。"

小桥："嗯……"

花花："你看你看！我的心又被刺了一刀！小桥你给我占一排座儿！我要去躺在你们这对小冤家面前养伤！"

小桥："……"

飞羽："啊，我想吃薯片！"

小桥："给。"

花花："小桥你有牛肉干没有！"

小桥："有呀，给。"

春子："那么，奶茶也一定是有的吧。"

小桥："我看看，啊，有的。"

一边猛吃一边流泪的三人组："为什么我们每天都吃得这么心酸，因为这都是江大神送来喂养他家小姑娘的粮……"

汪汪汪汪汪！

有时候，悲愤三人组也会有点儿不确定的小担心。

春子："我觉得，小桥把我们宠得快要丧失生活自理能力了。"

飞羽："我早就说了，你们不听！"

春子："你还不是一样！"

花花："我好担心我们这么欺负小桥会被江大神暗杀！"

春子："那不会吧？我们也保护小桥啊，飞羽可疼她了，还有花花你，上次那个经管系的学姐找过来骂她是绿茶装纯，你不是替她出头一盆水把人家泼走了吗？"

飞羽："对啊，我觉得小桥真的太可爱了，我越来越觉得江大神真是眼光独到！我都舍不得把小桥嫁给他了！"

春子："轮不到你操心吧……喂，花花你又发什么呆呢？想什么呢？"

花花："我在想，如果江大神要暗杀我，我希望他调整一下方案，改为先奸后杀……"

一大堆枕头被子毫不留情地呼啸着向花花飞来。

正在图书馆陪着江流做课题的小桥默默地哆嗦了一下。

江流敏锐地察觉到握在自己手心里的那只软软的小手，发生了一点异常的震动，他立刻抬起头来，看向他的小姑娘。

"怎么了？"

"我……我突然想到飞羽生日快到了，我还没给她准备礼物呢……"

"哦。"原来是这么件小事。

江流心里暗笑自己一声，他真是多虑了，对于小桥来说，替朋友准备礼物这或许就是大事了。

他想了想，放下了手里的笔，问小桥："这三个室友，你最喜欢哪个？"

小桥不假思索："我都喜欢呀，飞羽大气，春子聪明，花花最萌。"

江流微微点头："那下周，我们请她们一起去看最新的电影吧。"

小桥："好呀好呀！"

她赶快掏出自己的手机来，在她的大学宿舍微信群里发布这个好消息。

窗外一剪如碧的杨柳风，轻轻越过窗子，吹动小桥额前软软的碎发。

江流用手指慢慢抚过掌心里握着的小桥的那只手上的爱情线。

他说："小桥，我们一起，去旅行吧。"

▶ *13 像大灰狼吃小白兔一样把你吃掉？*

然后，他们就真的一起去旅行了——只是旅行团虚胖到乱入了春子、花花、飞羽，还有大牛等一干闲人。

黄金狗粮组成员理直气壮：我们要同去监督，免得天真无邪的小桥被江大神吃干抹净了！

身强力壮提包组大牛擦汗：你们怎么知道那不是小桥的愿望？

江流（若有所思）：是吗？那是小桥的……愿望？

小桥：啊？什么愿望？我在网上看到，那里有一家风吹荷叶鸡很有名哎！每天要排队！我们到时候得起早点！

心怀不轨的众人集体黑人问号脸。

于是，这个混乱而诡异的组合，便在一个风和日丽的早晨，浩浩荡荡地出发了。

他们的目的地，是一处风景优美、历史深厚的古镇。

出发前一晚，江大神贴心地在网上帮大家订好了民宿。

民宿叫听雨轩，他们订的房间在二楼，推开窗子，窗外就是安静而过的内河，静谧如画。

但是有一天，这美好的静谧被一个叫大牛的男人的惨叫声打破了。

"为什么是四间房？为什么不是三间？"

花花点人头："我和小桥一间，飞羽和春子一间，江大神和大牛哥……咦，你俩一人一间？"

江流点点头："我和他一人一间。"

大牛用力摇晃着江流的肩膀，痛苦地咆哮："为什么我要单独一间！我不需要！我晚上一个人睡会怕鬼！你知道的！"

旁观的少女们集体石化了。

原来大牛竟然怕鬼！

哈哈哈哈哈！

江流坚决而温和地摇头："我一个人一间。"

大牛绝望地原地转圈，突然间停下脚步，指着江流高挺的鼻尖："我知道了！你这个心机 Boy！你是想要一个人一间，晚上找机会把小桥勾搭过来睡！"

飞羽："原来真相是这个！"

春子："天啊，原来这个才是真相！"

花花："我喜欢这个真相……"

小桥："啊？"

江流认真想了一想，居然点了点头："好像是的。"

小桥的脸唰地红到了耳尖，她再愚钝，当然也听懂了众人的尖叫里包含的意味。

大牛绝望地惨呼："小桥，牛哥我为你牺牲，为爱牺牲了！"

小桥："那个……我……我和花花……我……"

江流好心地提醒风中凌乱的众人："大家快上楼放好行李吧，再晚，风吹荷叶鸡该卖光了。"

于是，大家就在荷叶鸡的诱惑里暂时把这一页翻过去了。

晚上，大家逛完街，斗完地主，各自回房后。

花花突然又想起了这一茬来。

"小桥小桥！你说江大神是不是目露凶光在他的床上等着你？我是不是应该把你洗白白现在送过去？"

小桥大窘："花花你能不能给嘴上上个拉链呀？"

花花："上了拉链我也会自己拉开的。小桥，讲真，江大神这种极品，你不好好抓住，很容易被人抢走的！这样吧，事不宜迟，今晚就是你俩的洞房花烛！你看这镇子环境也合适，花田柳树青蛙，小桥流水人家！"

小桥："江流他不是这种人……"

话未落音，传来了轻轻的敲门声，伴着江流清润的嗓音："小桥，出来。"

花花无声地捶胸仰天长笑中。

小桥的心怦怦地跳着，她自己觉得越来越按不住它了，好像马上就要跳出胸口一样，脸也烫得厉害，脚步也虚浮无力。

但是那个她熟悉又依恋着的声音，却像魔法一样指引着她，朝着门口的方向飘去。

她对他……

没有停留，不会停留。

虽然……

很害怕。

洗过澡了吗？

嗯……

头发很香。

啊……

怎么没吹干？容易着凉。过来，我给你再吹吹，我带了电吹风。

哦……

周小桥，你是僵尸吗？走路膝盖不会打弯了？

不会……

江大神停下手里的动作，安静地看着他完全可以用呆若木鸡来形容的那个小姑娘。

他伸臂轻轻把她揽在怀里，带到窗边。

什么话也不再说，就那样稳稳地从身后抱着她，下巴抵在她的头顶上，看着窗外那轮又大又圆落在了水中心的月亮。

小桥的僵硬就在这月色的温柔里，一点一点软下来了。

慢慢地，她又是那只温柔顺从甜暖无害的小动物了。

"对不起……"她小声说。

"是被他们说的话吓到了吗？"江流问。

"不知道。"

"以为我叫你过来，是要像大灰狼吃小白兔一样把你吃掉？"

小桥简直不敢相信这种俏皮的话会从一向以优雅示人的江流嘴里说出来，她瞪圆了眼睛。

"我只是想像现在这样，抱着你，一起看看今晚的月亮。"

江流……

嗯？

如果……如果……那个……我也……我也……

我知道。

那你……

我觉得，我还是不能对大牛这么残忍，他晚上会吓哭的。所以，我等会把你送回房间，就叫他过来睡。

那太好了！牛哥是个好人。

小桥……

啊？

周小桥，叫你过来，还有一句话想问你。

什么？

你爱我吗？

我！我当然！我……我爱……

我也爱你。

然后，在古镇又圆又大的月亮下面，江流低下头，深深地吻住了他心爱的小姑娘。

大牛在隔壁莫名地打了个哆嗦。

其他三个姑娘觉得空气里好像充满了看不见的甜蜜素，让她们感到脸红心跳。

明明一切都在安静中发生。

她们什么也没有听到。

什么也没有看到。

江大神想，嗯，真是一个美好和谐的夜晚啊。

▶ *14* 任何事情，只要我们心甘情愿， 无怨无悔，大概总会变得很简单

小桥做了一个梦。

在梦里，江流牵着她的手，去超市买菜。

两个人慢慢地走回来的时候，江流突然想起来有东西掉在了收银台，于是一个人返身回去取，把钥匙给了小桥，让她先上楼。

小区是江流租住的地方，小桥来过几次，一起做做饭看看电影什么的，但因为注意力几乎都在江流身上，她对小区其他事物的印象也就淡得很。

这次一个人走一段，才发现，小区里风景不错。

水景弯弯，垂柳依依，高大的建筑被粉红色的桃花包围了起来，灰白色的外墙似乎也染上了一点暖暖的红晕。

有不少老人和女人都在桃边柳下带着孩子聊着天。

她们看向她的目光都是笑盈盈的。

小桥也报之以害羞的微笑，心里麻麻酥酥的，脚步也变得轻快了起来。

进了楼道门，就是电梯间，江流租的房子在五楼。

只有两台电梯，一台在维修，一台还在三十三楼迟迟未下。

小桥想了想，就决定爬楼梯。

她一口气爬上了五楼，打开了木色的消防门，凭着记忆走到了江流租的房子前，拿出江流刚刚交给她的钥匙开门。

可是，她扭来扭去弄了半天，门还是不开。

难道这个锁另有玄机？

小桥大概是最近看奇幻小说看多了，心里自然而然这么嘀咕。

她也不着急，知道江流马上就会回来，索性站到一旁的窗边，去欣赏楼下的桃花。

五分钟过去了，十分钟过去了……

小桥的心里已经开始自得其乐，她沉浸在自己的创作世界里，想着回去要新挖个坑，构架一个发生在美丽桃林里的人鬼情未了的故事，挑战一下这个未涉足的题材。

身后的消防门轻轻一响。

高大的人影从里面疾步而出。

小桥回过头来，还未看清眼前的人，就已经跌入了一个熟悉的怀抱。

江流像一张密不透风的网，把她完完全全罩在自己的气息里，他的气息稍乱，但看到她心无城府地转过头来的一瞬，他已经决定将刚才的经历隐瞒。

他决定不告诉她，刚才从超市回来，按自家门铃一直未有人响应，打她电话也不接，他的心是怎样猛然抽痛。

虽然明明知道这么大的人了不可能有什么意外，但他终于尝到毫无理智患得患失的滋味。

他以百米冲刺的速度跑过了杨柳树，跑过了桃花林，跑过了那些嬉闹的孩子，跑过了那些看着他笑的男人和女人……

智商高如他，竟然最后才想到，她大概走错了楼层。

因为这个小区里，消防通道都没有安楼层牌。

而他的小姑娘，完全有可能是一只迷路的松鼠。

"我打不开门……"她被闷狠了，却仍然乖乖的，任他松开一点点后，才探出眼睛和鼻尖，冲他软软倾诉。

"你开的是这扇门？"江流把她牵到门边，指指上方的门牌。

"嗯。"小桥点头，不知道他为什么有此一问。

"我的门牌号是多少？"

"503。"

"这上面写着多少？"

"603……啊，原来这里是六楼。"

"你是从消防通道上来的吧？这栋楼没有楼层号牌，和物业反映了很多次，他们也没有装。"

"原来是这样……我走错啦。"

"嗯。"

"那……你拿到东西了吗？"

"拿到了。"

"那我们回家吧！我做好吃的给你吃。"

"好，回家。"

后来又一次，又遇上停电，他们又一次走消防楼梯。

小桥突然"咦"了一声。

她发现靠近门的地方的墙上，不知何时，有了一个清楚的楼层牌，走上前摸摸，竟然是用蜡笔画出来的，非常细致精美，绝不是孩子的涂鸦。

她一路好奇地数上去。

第一层。

第二层，第三层……

竟然，每一层都有！

"每一层都被人画上了楼层牌！这样就再也不会有人走错啦！"她高兴地回头对江流说，"五楼以上也有吗？"

"嗯，都有。"江流回答。

"咦，你怎么知道？你走上去看了？"好奇的松鼠叽叽喳喳。

"因为，是我画的。"

回答的人仍然是一向如此的淡淡语气，推开木色的门，他不打算继续这个话题，只拉起她软软的小手，说："过来，到了。"

小桥乖乖地跟着江流，像每一个与他在一起的时刻一样。

但是她的眼前，却好像出现了一些幻象。

她仿佛看到江流笔挺的身影。

他一个人站在楼道里，面对着墙面，修长的手臂如流星划过天宇，在墙面上渐渐挥舞出一片小小天地。

墙面上渐渐出现了如艺术作品般的楼层指示牌。

1、2、3、4、5……

他一层一层，不急不徐地爬上去，每上一层，便画上一个楼层牌。

从此以后，无论是谁，如果从楼梯爬上来，就都不会走错楼层了。

小桥突然就想：这一生，就是他了。

是的，她爱江流，这世间很少有人不爱江流，可是，她的爱与其他女孩儿的爱，到底于他有没有不同，她是不知道的。

她只是天性温暖乐观，凡事只看好眼前，于是便想得简单。

而江流，自相识之日起，他总是走在她的前方，变成她的正确方向，让她不必担心方向，只要认真跟上。

未来是什么样，胆小如她，其实不敢去想。

他会发出越来越明亮耀眼的光吗？

自己在他的身后，会永不走散吗？

他总是牵住她的手，而她也总是偷偷回握，这样的两双手，会在风雨无常的人间路上，有一天分开去往不同的方向吗？

她明白，自己无论怎样努力，平凡的自己，距离江流的优秀，总还差得很远很远。

从过去到现在，总有人有意无意地问，为什么是她站在他的身旁。

而这一刻，她想着那个用蜡笔画在墙上的精美的数字"5"，默默地想着，想得眼睛都慢慢变酸，她突然有一种冲动，想冲回那个楼道里，去亲手摸一摸那个数字。

她终于明白，为什么是她。

又为什么是他。

他们，大概就是彼此在生命里，最心甘情愿的那个选择。

她曾经在一本书上看过这样一句话：任何事情，但凡心甘情愿，便总是会变得简单。

她想，从他牵起她的手的那天起，无论是顺境或是逆境，无论是富有或是贫穷，无论是健康或疾病，无论是快乐或忧愁——她都将永远心甘情愿地爱着这个人，珍惜他，守护他，直到永远。

无论是生命里可能到来的伟大闪耀的日子。

还是这样牵着手走在昏暗楼梯间时因为细微之处的守护而生出来的幸福时光。

我愿为你，一生心甘情愿。

再无回头。

江流正在低头帮小桥摘着芹菜上的叶子。

忽然，他的脸颊边拂过了一片微不可闻的风，然后，一个柔软而羞涩的吻印上了他的皮肤。

小桥轻声说："江流，我们永远在一起。"

她一向迟钝而轻缓，所有甜蜜都只默默接受，却不敢勇敢进击。

这大概是她对他做过的最勇敢的一次献吻，以及，清楚认真的表白。

江流回身一把将她抱住。

他心中像无数铃兰花开，幸福如花香汹涌将他包围，起伏着，眩晕着，动荡着。

"一定。"

我心匪石，不可转也。我心匪席，不可卷也。

——《诗经·邶风·柏舟》

匪石

他们说，放弃吧，这是一座空城。

▶ 楔子　春日迟

你的城堡外墙，长满了古老的藤蔓与湿滑的青苔，荒草淹没了小路，而野花肆意在石缝间盛开。

花朵如同隐密而蜿蜒的心事，摸索着、试探着，偶一靠近，又惊慌躲开。

而门内寂然无声。

紧闭的门里，只有隐约的风声，与调皮的鸟鸣，却完全听不到有你发出的任何声音。

可我知道你一定在里面，谨慎地、小心翼翼地，像猎人一样睁着雪亮的双眼，在某处看不见的细小缝隙里，安静地张望。

你不出声，你在等着谁破门而入，或者索性推倒你的墙。

然而，每一个千辛万苦走到这里的人，都在你日复一日的沉默里，缴械投降。

花也沉默，雨也悄然。

你是个太好的猎手，你的耐心惊人，你静静掐着自己的脉搏，连微弱的呼吸声也一并隐去。你让每一个鼓足了勇气与希望的人，最终在这城堡外黯然绝望。

他们说，放弃吧，这是一座空城。

可是，我知道你在里面。

你矛盾又尖锐，警惕又迟疑，你时而像个看透世情沉默通透的迟暮老人，时而像个骄纵任性刻意胡闹的明亮孩童。

你真让人恼火，却又让人着迷。

我想要抚摸你的眼睛，亲吻你的嘴唇，在你有一日同意走出这座城堡的时候，张开双臂紧紧和我拥抱。

春日迟迟，卉木萋萋。

我要你相信春日纵迟，但依然会到。

就一次，好不好？

▶ *1* 路远

| 我一生等你许久
| 我忘记问你的名字
| 雨就要下来了
| 我不知你是错过 还是未来

大雨要来了，铅灰色的天压得很低很低，空气有些潮湿。

不远处的矮树的叶片都墨绿油亮，它们向来不畏冬寒，而它们身后的高大乔木，粗壮深褐的树干却光秃秃的，颇有些苍凉地伸向天空，表达着对季节的臣服。

剧组所有人都在等待着这一场淋漓的冬日大雨。

盼雨浇我苦闷，燃我奢望，一朝过后，似是重生。

已经上好了妆戴好了头套粘好了胡子的路远在戏服外随意地套着一件黑色长款羽绒服，脚下却露出一双锃亮的皮鞋来，他毫不在意形象滑稽不便，欢快地在棚里跑来跑去，这里摸一下，那里撩一把，一刻也不得闲。

化妆组的老师尚算年轻，面皮稍薄，只是苦笑。

服装组的姜老师却是直性子的老前辈，当即大吼起来："路远，你站住！"

他的话音未落，路远已经从善如流地蓦然收住脚步，双手熟练地在衣服两边一抹一压，顺势稳稳地坐在了一群人中间空出来的一把塑料椅子上。

"老师，我会小心衣服的。"他乖乖地将双手平放在膝头，扭头扬声冲远处的姜老师笑眯眯地一应。

那声音清澈明亮，字正腔圆的普通话，绵长尾音微微扬起，有一点无赖又有一点可爱，哪里像是三十一岁的国民偶像？

倒像是刚刚毕业的大学生。

果然，合作过几次深知他本性的姜老师被他那灿烂无害的笑容逼得老脸一僵，认命地闭了闭眼。

搞定了姜老师，路远便把脸转了回来，他和京剧里的猴儿变脸似的，眼一眯，脸一皱，舌一吐，朝一脸看好戏表情的众人做了个大鬼脸。

"给我给我！我也要吃薯片！"嘴上嚷着，手上倒也没停着，长臂一捞就伸向了那个红色的袋子，一把抢过麻利地抠出一块来。

因为怕薯片碎粘到精致的胡子上，他极力张大了嘴，将那一片往嘴里小心地塞。

这一次，他依然是男主角，饰演的是丰神俊朗心机深沉的一代帝君聂文桓。

在戏里，聂文桓的形象高大寂寞，仿佛独居云端的神子，他穿着繁复华服，走在那幽深宫城里，坐在那冰冷王座上，永远只有一个表情——他是不会笑的。

他自幼遭遇大难，便不知道该如何去笑，也不知道该如何去爱，他此生唯一被人攻占了的一处出口，便是他的一双眼睛。

这角色，深沉得可怕，也深情得可怕，所有的情绪演绎，都靠演员那一双眼睛。

对实力演员来说，也是巨大考验。

何况对他。

当知道这个原小说中的人气角色由路远来出演时，网络上质疑的声音便没有断过。因为，即使再红透半边天，年年年尾横扫各颁奖礼所有人气奖项，拥有无数疯狂粉丝，但他在人们心里，仍然只是个偶像。

是偶像，不是演员。

这两个词的分量，在专业人士心里，在普通观众的心里，都是有着微妙的不一样的。

年少成名，美颜盛世的偶像出身，便仿佛注定无论走过多长的路，身上的标签依然难以揭下。

经纪公司和多年老粉丝都认为，这部戏，也许是他的一次转型机会。

原著小说热，角色亦有张力，整个制作班底都是业内出了名的口碑上佳。

所以，他理应珍惜。

这珍惜该表的态度中，便应包括进了组后，迅速入戏。

　　有很多的实力派演员，都很重视出戏入戏这个事，几个月的时间，待在一个剧组里，演员演着他人的人生，承载着角色的悲喜，入了戏，身上便不再有自己的影子，仿佛是重新活过一回。

　　直到杀青离组，便干干净净地脱去那一层无形的皮，再不回头，用力朝前走。

　　前辈们说，这样演出来的戏，不沾烟火气，最是鲜活。

　　他还曾听过，有位影帝前辈，为了演活一个杀人犯，从入组开始，就不与人接触，每日阴沉着脸独来独往，就是为了始终保持着戏里的感觉。

　　可是，他真不行。

　　他这个人，心里越有压力，反而面上越是轻松灿烂，越是喧嚣闹腾。

　　大概因为他平素里也总是够闹腾的，大家也便看不出有什么不一样。

　　他从没和人说过这一点，也无人可说，自己的心里，却是透亮的。

　　是的，他有压力。

　　演了十年的戏，每次新入组，他都依然充满压力，这一次尤甚。

　　那么多人怕他失败，也有那么多人盼他失败，而他又有什么把握，能够永远不败？

　　所以他更希望周围不要这么静，要闹一点。

　　周围闹起来了，他仿佛变成了沧海中的一滴水，他的心就静下来了。

　　于是，路远就带着冷面帝君聂文桓的妆面，充满违和感地挤坐在一众工作人员中，叽叽呱呱地吃起了薯片。

几个女演员率先绷不住面皮，嘻嘻哈哈地笑作一团，她们一个个妆容明艳仿若春花初绽，一时间新戏初入组的微妙尴尬一扫而光，气氛暖烘烘地上来了。

"哎，远哥，我拍张你的吃货形象照发到微博上去给你的粉丝看吧？"

演男二号的演员张梓诚也上了妆，他演的是聂文桓从小一起长大后来在称帝路上反目成仇的三弟聂文景。

因为之前一部戏里两人合作过一次，所以他和路远也算老熟人了，这人性格也是个爱逗趣的，一边说笑，一边佯装举起手机来欲拍。

路远却不慌张，兀自伸出一根手指，很自然地抹了抹自己的嘴唇，笑得像只狐狸一样，起身便朝张梓诚凑了过去。

"拍这个多没意思啊，咱们来拍个执手相看深情对视的照片呗……"

"哇！远哥，你这是要给我涨粉的节奏啊！"

路远这张脸，自出道以来，就是无数少女心中的惊艳岁月。

大约是美得太有私藏性，多年来，粉丝们完全接受不了自己的偶像与任何异性的恋情，却十分乐于幻想他和各路搭戏的男演员有些什么"粉红兄弟情"。

路远本来就是个爱闹的，倒也不在意这个，有时候还主动为大众提供娱乐素材。

果然，周围的人尤其是姑娘们都纷纷尖叫起来。

"拍拍拍！"

"靠近点！脸再近点！"

路远身材高瘦，他站着，张梓诚坐着，他低下头看着对方，就形成了巨大的压迫性阴影。

张梓诚抬起头，看到路远那张俊脸一点一点俯下来，嘴角微微含着一点笑意，在精致的妆面下，愈发显得眉目如画。

张梓诚突然觉得，心跳有点儿不正常地加快。

靠，什么毛病？！

还没等他理理头绪，就见路远嘴唇微微一动，一字一字用刻意压低的幽怨语气缓缓问道："三弟，你……觉得我的胡子好看吗？"

"噗！"张梓诚瞬间破功，"嗷"的一声抱头鼠窜，在众人如惊雷般险些掀了屋的狂浪笑声里按着眼角捂着肚子求饶。

"哈……远哥求放过……哈……我不要涨粉了……"

哼，浸淫娱乐圈这么多年，很少有比他更会玩的。

路远收了表情，得意扬扬地举起手来绕场一周，当自己是世界冠军似的。

那模样瞬间又像极了得了点好处就绷不住的毛头少年，大明星这么接地气，再引得无数欢笑。

连端着个茶缸路过的总导演章导也忍不住出声了。

"年轻人都收着点力气，尤其是路远啊，一会儿雨下来了，我就给你拍大雨里虐身虐心的那场，不怕哭不死你……"

远处，果然有着压抑的雷声隐隐滚过来了。

路远按着头套笑，顺着经纪人林丽丽拉扯他的劲儿，脱离了欢乐的人群。

这么一闹腾，他心里确实轻松了许多，也就任由化妆组的老师凑过来，拿着把大刷子在他脸上又开始扫扫扫。

不安分的眼角余光瞄来瞄去，闹哄哄中一小段对话突然没头没脑地飘进了耳朵里。

"你叫小池？是杨万里那首诗的那个小池？小荷才露尖尖角，早有蜻蜓立上头。"小姑娘的声音清脆悦耳，不用看，也仿佛见得那青春眉眼间带着亮晶晶的笑意。

"不是，是迟到的迟。"

回答的声音柔软和顺，音调不高也不低，刚刚好让人听清，又微微拂在心上，一扫而过，像春天的湖面上的柳条儿那么不经意。

噫？

路远转过身去看，动作稍微大了点，差点把化妆老师的刷子带飞了。

"嘻嘻嘻，是迟到的迟啊？那你可不能老迟到啊，我们导演发起火来脾气可大了。"

原来是道具组的一个小姑娘，她前仰后合地捂着嘴，串串笑声像摇响了挂在藤蔓上的细小金铃。

这也难怪，站在她对面的人，是个清瘦好看的少年，身形虽然不及路远高大，但气质却正是能让多数少女心跳加速的小清新型。

从侧面看，脸孔倒是陌生的。

迟到的迟……心多么的大。

人生若可以不必急急赶路，不必担心错过每一场花开花落，不必焦虑于结果，就算迟到了，大不了微微一笑认个错，那多理想。

可是，很多时候，迟到就等于永失所爱，永失所求。

就像聂文桓。

年轻人啊，怎么会懂？

他在心里有些不屑地喟叹着，好像自己真的有多看透人生一样。

哼！

冥冥之中，似乎有什么感应，叫小迟的少年，突然转过了脸来，一双清亮如泉的眼睛，恰好与路远撞了个正着。

那一瞬，路远好像看到了一只鹿在溪边喝水，阳光柔软，万物生长，碧绿枝条间有蝴蝶轻轻扑动翅膀，激起空气里看不见的金色波浪。

溪边的鹿抬起了头来，善良温顺的眼睛里，透出些许意外与惊讶。

像惊讶鼻尖上停住了一只美丽的黄蝴蝶，像惊讶树林间拨枝拂叶钻出来一个同类——他是自然而放松的，并未曾迸发出过于热烈的反应，却让路远多出一份亲近与好感。

虽然惊讶于大明星向小透明投来的友好目光，小迟却并没有停下刚才的话题，他的嘴礼貌地替他做了一个小结。

"嗯，不能迟到啊。"

道具组小姑娘笑得更可爱了。

▶ 2 小迟

|云对雨 雪对风
|晚照对晴空
|三尺剑 六钧弓
|岭北对江东

王站在冰冷的大雨中，狰狞的闪电划破墨黑的树冠，照亮低垂的三尺剑尖，似乎要把无情的心劈成两半。

我想要看看，你的心里，是否真的已经只剩下山河，没有了故人。

那个声音，是曾经在他青涩明亮的年纪，与他并肩而立，偷偷约好一起仗剑行侠的伙伴。

在他还是个不得宠的小皇子时，那些人，曾予他温暖。

而今，这些恩情，他握不住，被命运推搡着，一刀一刀，皆要亲手斩断。

狂暴的雨，像瓢泼一样灌在身上。

那已经不是水，那是鞭，一刻不间断地将人身抽打。

墨色帝王服，似要与这夜融为一体，但那能工巧匠呕心织就的金色巨龙却不甘寂寞，在衣上张牙舞爪扶摇直上，它昂首向天，它无法低头！

王的嘴角紧紧抿着，像是笃定心意，哪怕是最残酷的刑法，也无法让他开启半分言语。

谁说世间事有理便都可辩驳？走上这条路，登上至尊位的那天起，他，便知对这世界，已经无话可说。

手中剑，斩不尽天下险恶，也斩不尽漫漫情愁。

不说，便不说吧。

有什么痛，有什么怨，还不是忍忍，就都过去了？

大不了迟一点，天上见。

于是，他沉默而倔强地，执意受这天地之刑。

那是他咬碎了牙咽下了血的骄傲。

是的，我也想要剖开自己的心，看看曾经温暖柔软满盛赤血的它的里面，还剩下些什么。

可是，你们做不到，我也做不到。

帝王之心，没有知音，它是亘古经年最静默的谜。

导演章林翁亲自掌着镜，在昂贵的进口精良镜头里，那个身着龙袍的男人的脸被清楚放大。

暴雨打在他的身上，冰冷如灌，仿佛看得到雨珠一颗一颗击中他的皮肤，无处可逃。

他清俊的面孔一点点变得苍白如纸，如松般挺直的背部甚至看得到极力克制的微微颤抖，但他的双脚仿佛钉在大地里，你看着他，丝毫不会怀疑，他会一直站在那里，化为枯骨，也绝不倒下。

章导只看一眼，就知道，这个演员，已经入戏了。

他的心里，只稍稍闪过一丝意外，便愉悦了起来。

他没用错路远。

他仔细研究过这个国民偶像的以往所有表演，在近乎闪耀的皮囊与虚名下，他看出了一个真正的演员的灵魂。

他赌路远能做好，他有他的野心，他当然想借这国民偶像的超高人气，但他的意愿并不止如此，他还要最终的效果与实力。

只是，他没有想到，路远入戏能这么快。

分明半小时前他还在上蹿下跳像只猴子到处讨果子吃，而现在，在他的镜头里，毫无疑问，他就是那个深埋赤子之心而今百折不回的暗黑帝王。

这场雨戏，是整部戏里非常重要的一幕。

后期孤独而黑化的聂文桓，听到曾经最好的朋友的死讯，在朝堂上不动声色，却在暴雨如注的夜晚，为自己加刑。

聂文桓这个人物，有着非常复杂的个性与成长演变史，曾经的热血天真，宫闱的复杂险恶，一步步人心被玩弄被践踏的地狱经历，失去至亲至友的无奈与悲哀，最终打磨出了他惊人的隐忍偏执，也让他登上了称帝路。

我要这天下，再无我不可为之事。

我要这人间，再无我不可护之人。

然而，他猜中了开头，却猜不中结尾，毕竟，他万千淬炼，仍只是人，不是神。

"这个气氛很好，再多拍几组，加拍聂文桓夺伞那场。"这么重要的戏竟然一条过，章导心情大好，拿起喇叭冲雨中大喊，"路远！路远！我们接着拍夺伞那一场，你没问题吧？"

路远远远地挥了挥手，表示自己没问题。

这场雨太大了，糊得他眼睛很难睁开，明明雨水冰凉刺滑，打在皮肤上却又热辣辣的生疼，但对于在零下温度里拍过数小时跳水救人戏的他来说，也算不得什么。

副导演豆爷问："以薇，你自己上还是桃桃上？"

演王后的女主角昆以薇也上了妆，但看看外面如泼的大雨，她果断摇了摇头。

"桃桃上吧，反正只是拍个背影儿，我今天生理期，淋不了雨。"

章导点点头，替身女演员桃桃便被领了过来，她和昆以薇一模一样的服装妆发，从背影看难分伯仲。

一声"开始"，桃桃便手持花伞，款款入镜。

因为是入组以来第一场戏，大家都早已停下手中的工作过来围观，戏里的悲壮气氛似乎有着感染的力量，导演一喊开拍，棚内除了摄影机转动的单调声音，就是棚外的雨声和雷声，大家的心都莫名地沉重起来。

小迟也和众人一起，静静地站在角落里看。

他看着那个人，站在暴雨里依然笔直的身躯，一道闪电蓦然划下来，照亮了冰冷宫墙内的鬼影幢幢，也照亮了那个人白得像纸一样的面容。

积石如玉，列松如翠。

郎艳独绝，世无其二。

这么多年来，无论走过多少路，经过多少桥，看过多少云，小迟都没有能够找到一个比路远更好看的人。

无论是带着怎样的表情，怎样的妆容，是岁月将各种颜色染进了他的眼底，还是经历在他的皮肤上刻下了隐约的暗影——他站在那里，都依然仪度万顷，绝代风华。

仿若初见。

闪电暗下去，便看不清路远的眉眼。

小迟不敢往摄像机前凑，手指便无意识地一根根搭下来，轻轻握紧，这是个习惯性的小动作。

他有点紧张。

花痴属性的道具组小姑娘还在他身边小声说话："桃桃今天怎么这么笨啊，一个摔倒都拍了半小时了还过不了！害得远哥一直陪她淋雨！"

小迟嘴角向上轻轻弯了弯，在心里同意她的吐槽。

桃桃是女主角昆以薇的专用替身演员，剧情是她上前为王遮雨，却被王冷冷地拂开，王夺伞怒扔了出去，她也跌倒在地。

就这么一幕，桃桃来来回回跌了数十轮，硬是跌得生硬又尴尬，怎么都过不了。

章导是处女座男人，处女座男人不拍到满意绝对不会放水。

于是就拗上了。

算起来，加上前面那场，路远已经在暴雨中淋了近一个小时了，地上开始已经积水，演员的双脚就泡在水中。

"算了，还是我自己来。"

就在气氛有点尴尬的时候，昆以薇站了起来，随手把披着的外衣朝小迟扔了过来。

小迟赶快一把接住。

他抱着衣服，有点不确定地有点担心地问："薇姐，你……"

"你什么？"昆以薇尖尖的下巴一抬，傲然扫他一眼，"他路远想要翻身，证明自己不是花瓶，难道姐姐我就是花瓶？好好看着姐姐的实力！"

近几年来红得发紫的昆以薇是一线国民小花，人气不输路远，这次两人搭戏，人还没进组呢，网上话题就炒得红得发黑，各自粉丝也已经相爱相杀几轮了。

昆以薇不傻，能混到国民度的明星，怎么会傻？

进组后开拍就用替身和男主角对戏是她的任性妄为，也是想试试大家对她的宽容底线，但若完全没有实力，倒也不敢过火。

她确实证明了自己的演技不是替身可比的，亲自上场后，这一幕终于一条就过了。

收工后的夜已经很深了，雨势渐歇，但潮湿的空气形成的隐隐白色水雾，却仿佛飘进了每个人的衣襟里，让人感觉黏腻。

小迟用脸颊轻轻碰了碰杯子，感觉了一下温度，然后递给昆以薇："薇姐，把冲剂喝了吧，预防感冒。"

昆以薇看着那一大杯褐色的液体，皱了皱眉。

"我不喝这么多水，明天脸上水肿，给我药丸。"

　　她有点心烦，很想冲小迟发火，这个新招的助理，虽然刚见面就有眼缘，但到底不如前一个知她心意——她明明说过她夜戏时不爱喝水的，结果还给她冲了这么大一杯药水。

　　还未待发火，便听得旁边也传来对话。

　　是路远他们。

　　"林姐，你放这吧，我等会儿就吃。"

　　"路远，你少糊弄我！最近戏紧，你可不能生病，快点，我得看着你把它吃了。"

　　是路远的经纪人林丽丽的声音，这位姐姐气势一向足，在行业里也颇有分量，可不是那种唯唯诺诺的小跟班。

　　"我……"

　　路远已经换上了自己的衣服，黑色的休闲外衣，内搭干净柔软的米色毛衣，卸下了头套和胡子后，潮湿的碎发搭在光洁的额前，眼里闪闪烁烁的星光看起来简直是十足的少年郎。

　　黑亮如珠的眼瞳滴溜溜地转，一转就转到了昆以薇这边。

　　"小迟，你怎么回事？存心想让我明天眼肿上不了戏是不是？把它倒了！"

　　昆以薇在训人，哦，是之前见到的陌生少年。

　　"可是……"那少年脸上现出窘迫的红晕来，似乎有些不知所措。

　　路远忽然笑了，他长腿一迈就过来了。

天助我也。

刚刚好。

似乎带过来了一阵清冽的风，只是戏里那些绝望的雨渗进了他的皮肤里，发出了微苦的香气。

但他现在是笑眯眯的路远，不是苦哈哈的聂文桓。

"倒了多可惜，我跟你换啊。"

小迟还没反应过来，就被路远轻巧地夺了杯子，一仰脖咕噜咕噜如牛饮水一口气喝了个底朝天。

昆以薇倒抽一口冷气，不敢相信自己的眼睛。

美男，帅哥，国民老公……

你这是做什么？你还能不能有点偶像包袱？！

路远把杯子往桌上一放，一抹嘴，顺势把林丽丽塞给他的几颗散寒药丸塞进了小迟的手里。

"林姐，你看，我喝了药啊，喝了啊！"

唯恐不被承认，他邀功似的回头大喊一声，又回头对这边的人笑："你们也早点回酒店吧，抓紧时间还能眯几个小时。"

一切发生得这样突然，在小迟眼里却全是慢镜头，一呼一吸，呼吸诡异地变得有些困难。

路远的手指纤长白净却硬朗有力，指尖不经意地划过他的掌心，留下火灼般的温度，被触碰过的皮肤像是跳跃出了一串串迷人又香甜的音符。

小迟的左手垂在左腿边，纤长秀美的手指不自然地一根根地蜷了起来。

如果现在面前有一架钢琴，他此刻迸发的激烈手速可能可以创造新的世界纪录。

这迷人而狂乱的失控感。

你啊，依然恐惧吞吃药丸。

原本模模糊糊不敢确定的记忆，像被打散的拼图，此刻，笃定地拈住一块。

因为，你天生嗓子眼偏小，十岁那年吞一颗感冒药，居然卡在喉咙里死活下不去也抠不出，最后闹到送医。

后来，你成了大明星，这件事，就变成了无人知道的小秘密。

你一定没想到，居然还有人记得，你曾经说起这件事时，那日小城微雨，白雾弥漫，湿润的感觉包裹着皮肤，而你的眼睛里落满了星星。

是啊，你成了大明星，人人都爱你，人人都赞你，你什么都对，你勇往直前。

可是我知道，你敏感又谨慎，心软又怕受伤害。你根本不爱与人交际，只爱独自看书，从不午睡，你越心情不好越会假装开朗大笑，你吃饭挑食不爱青菜，你容易感冒却偷偷扔掉药丸。

小迟强迫自己默默地低下头，不去看那个渐行渐远的身影。

只是第一天。

他想，接下来还有许多的日子，你不能在重逢的第一天，就表现得像个傻子。

昆以薇没好气地一巴掌拍在发呆的小迟的背上。

"给我药啊。"她低声骂了他一句，"真蠢！"

▶ 3　路远

|捂住了嘴巴
|眼睛里长出了戏
|桃红 橘黄 钴蓝 橄榄绿
|梦见牵你的灰衣袖

暴雨过后，一夜间大地阳光普照，接连几天，气温反常拔高了十来度。

拍戏这事儿，和一般人想的不同，其实不是按故事发展的顺序来拍的。随着不同演员的进组时间和场景租用的档期，拍的时候的时间顺序是错乱的，比如前面路远一进组就先演完了聂文桓后期黑化的那场雨戏，接着又要回到年少轻狂的明媚少年。

谁演谁崩溃。

所以说，考验专业的时候到了。

路远一边在心里嘀咕，一边上手试马。

下午他和张梓诚以及一群人有一场春猎戏，有骑马飞奔的镜头，他演过几场古装戏，对骑马这事很是熟练，便先骑上了自己那匹棕色大马在马场上来回溜达。

那边隐隐喧哗起来，笑语晏晏的，本着哪里有热闹哪里就有我，路远一夹马肚就赶了过去。

原来是张梓诚拉着小迟要教他骑马，小迟又是摆手又是摇头的，转身要跑。

要说昆以薇带来的这个助理小迟，也有几分说不上来的特别。

高高瘦瘦的少年，碎碎的短发覆在额前，五官清秀表情乖巧，难得的是总是安安静静，不像一般的年轻人浮夸爱闹，也就轻易地得了许多人的喜欢。

他爱笑，每天笑的次数远远多于说的话，人也勤快，不管谁叫一声，就飞快地跑去，无怨无尤认真奉献。

于是，几天下来，昆以薇的生活助理，似乎成了全剧组的机动助理。

也难怪在组里的人气噌噌地涨。

姑娘们喜欢逗他就算了，张梓诚一个大男人也成天小迟小迟地召唤个不停，一会儿摸头一会儿搂肩的，不知道算几个意思。

路远慢慢地溜过去，骑在马上，突然冲着张梓诚的背影大喊一声："三弟！"

气沉丹田，尾音绕梁，十里八乡的都能听到这一嗓子，吊得好。

张梓诚猛一回头，就看到一个巨大的马头正冲着他呼呼喷气，吓得他"嗷"的一声差点跌坐在地。

路远哈哈哈地大笑起来，那笑声简直惊天动地魔性十足。

他此刻没有上妆，就是平日模样，薄金的朝阳从他的身后罩下来，他俊美的面孔沉浸在巨大的阴影里，眼睛却依然亮得惊人，就像阳光里最闪耀的部分，都落进了他的瞳孔里。

真是老天赏饭吃的人。

张梓诚满肚子的吐槽消于无形，他认命地后退两步，垂头丧气："我说远哥啊，我要是妹子，我看着你这张脸，真没法不爱上你。"

路远轻快地跳下马来，一手牵绳："你现在也可以爱上我，我一点都不在意。"

张梓诚呸一声。

路远嘿嘿地想，说真的，爱上我的男人，也不是没有。

之前那谁，还有那谁谁，可都追过我，比追妹子还痴狂，只是你们不知道罢了。大家都是一个圈里的，抬头不见低头见，没必要给人添堵不是？

反正谁爱上我我都没问题啊，我知道自己笔直笔直，比中午吃盒饭时使用的筷子还要直。

爱上我，糟心的可不是我。

他一边瞎乐一边把马缰往一个方向递出去："小迟啊、你帮我……"

话没完，就怔了一下，哪里还有人？

一扭头，刚才还在跟张梓诚拉拉扯扯的那个身影，已经不知道何时跑远了。

路远有些隐隐地纳闷了。

他想，可能自己最近有点抽风，最好能冷静一下，他居然在思考小迟对自己好像不够热情这个问题？

一定是幻觉吧。

明明叫他也会立刻奔过来，明明和他说话他也都是笑眯眯的，说起来，小迟对他和对别人，也没有什么不同啊。

那他为什么会产生这种诡异的幻觉？

大概是水逆的干扰，或者是天气太反常。

下午的戏很顺利。

导演破天荒入组以来头一次晚上十点前宣布收工，一群年轻人立刻吵吵嚷嚷地喊着一起去喝酒。

喝酒的地方也不过是拍摄基地附近的一家私房菜馆，演员们在屏幕上呼风唤雨风光无限，拍戏时也不过是困在与世隔绝的孤岛上的一群苦行僧，自娱自乐是本能。

这小馆子就是小天堂。

呼啦啦去了二十来号人，小空间里一时间热闹得有点过分。

他们每个人的手里都拿着酒杯，暗红色的液体，空气里流动着醇厚如丝的香气，存了心要醉的人，一定会醉。

但剧组领导们是出了名的严谨工作狂，现在还不是醉的时候。

那就逢场作作戏。

"远哥，和以薇姐喝个交杯！"有人瞎嚷。

"喝个交杯！"

嚷什么嚷什么？这些人，就知道瞎起哄。

虽然他的酒量是业内出了名的一杯倒，但身为一个男人他能说怕吗？不能啊！

路远便站起身来，端起面前的杯子笑眯眯地晃到昆以薇的身边。

进屋时约定俗成，每个人的手机都交出来锁柜子里头，谁也不怕谁偷拍，人总得有点放松的时候不是？

大明星也不例外。

"豆爷，您可别乱拉郎，远哥上次喝高了闹那一出，丽丽姐操心得头发都白了一根！"

上次他被狗仔拍到和一群人从酒店出来，还没上车呢，直接就趴到了地上，被媒体写成疑似失恋酗酒。

"哈哈哈远哥你那次到底喝了多少？"

天地良心，那次他就喝了半杯红酒，可能是赶戏过来空腹的原因，所以倒得更快了点。

"所以进组前林丽丽可给咱们立了铁规，聚餐时谁都不能让路远沾酒，不过今天她不在，要不就意思一下？"

路远的手肘放松地支在了昆以薇的椅背上，身体也微微俯了下来。

"以薇，合作愉快啊。"他含着笑说。

昆以薇酒量不错，她不怕。

嗯，干杯。

男女主角呀，感情能不好吗？关系能不铁吗？观众也不答应的呀。

当然好，况且路远这么温柔好看完美发光，是最迷人的男人，也是最可爱的男孩，这个人啊，就算假戏真做，自己也绝不吃亏。

唔，除了一点不好，他们俩，认识得太早。

有多早？

早得她已经忘记，他或许也已经忘记了。

昆以薇配合的和路远碰杯，确实一对璧人，好看得闪瞎众人的眼。

红润的嘴唇碰在冰冷的玻璃酒杯边，牙齿发出轻得只有自己才听得见的声响，舌尖上弥漫开的好像不是酒液，是夜里横生的奇思妙想。

"小迟怎么不喝酒？"路远自然地转向昆以薇身边一直安安静静的人。

看吧，没什么不同的。

他是路远，只要他愿意，他能和任何人成为朋友，当然也包括少年小迟。

小迟好像意外地惊了一下，白皙的脸上浮起了可疑的红晕，过分啊，一个男人怎么像姑娘一样爱脸红。

"那，远哥，我……敬你。"

像是有点担心被拒绝，声音里到底有了一点怯意波动的痕迹，小迟很不熟练地双手端起杯子来。

路远原本微微塞住的心，竟然呼地猝不及防间被推开了一条缝，新鲜空气一下子涌了进来，那舒爽。

你神经病啊？！

你高兴个屁啊？！

他在心里对自己破口大骂，手却已经自觉地凑了上去。

酒杯轻轻相碰，发出悦耳的声音。

眼角余光，突然触到昆以薇的眼神。

她微微歪着头，长发从一边披散下来，形成诱人的曲线，嫣红的嘴唇微张着，眼睛却像青春少女一般，固定到了正起身与他碰杯的小迟的脸上。

那目光，似乎含着某些欲言又止，某些不常出现在她那张意气风发的脸上的恍惚茫然。

路远突然意识到一点不对劲。

小迟，只是昆以薇自带进组的一个生活助理。

纵观全场，除了重要工作人员和主要演员们，今天竟只有小迟一个，是以这样不起眼的身份，与他们同席。

为什么昆以薇要带上他？

因为他对她来说，并不是一个普通的小助理？

路远一个激灵，像是脑内炸响了一个雷。

他原本就是装疯卖傻，酒液没有几滴真正入腹，这会儿更是全化成了冷汗，从毛孔里散发了个干干净净。

一个好的演员，对人情世故，自有七窍玲珑心。

也许，这个清新柔顺的少年，并不是一个普通的助理。

那就能够解释，为什么阅人无数的人精们，都对他有些莫名的另眼相看。

大概是大家都感觉到了这个少年身份微妙的特殊之处。

疑心自己不小心窥到了某个秘密花园的路远，迅速地不动声色地退回了自己的座位。

他有些高兴，也有些怅然，还有些如释重负。

▶ 4　小迟

| 梦到心上人
| 醒来就要去亲吻他
| 可是河流拦住了去路
| 河流不说话

小迟做了一个梦。

在梦里，她才六岁，穿着长得盖住了手背的不合身的灰色毛衫，瑟瑟发抖地抱住了绿色油漆剥落的柱子。

天上有大朵大朵的白云卷过，鸿雁匆匆传递着不知哪家的书信，望不尽的宇宙天光，是洗过般的湛蓝，奥妙与秘密一起深藏其中，等待生命的灵光乍现。

但这一切，都与她无关。

她只看到那些人的嘴在一张一合，阳光造成了门廊前明明暗暗的视觉效果，明亮的地方有着几个字，她都认得，那上面写着：天使之家。

"小葵，昆叔叔一家都是虔诚的基督教徒，心地纯善，膝下无子，现下愿意诚心收养你，必会给你最好的生活，你相信龙妈妈，好吗？"

面色苍白的小女孩固执而惊慌地摇头，第一千次一万次摇头。

没有言语，没有反驳，就像一只小小的树袋熊，固执地抱住了柱子，眼泪哗哗地流。

她怕极了，一觉醒来，身边所有熟悉的人尽皆消失的一幕。她的心或许还只是一颗小小的糖豆，却在那一场残酷冰冷的抛弃里被碾成了粉末，再也黏合不起来。

不想再离开这里，不想离开慢慢熟悉了的每个人，不想离开这里熟悉的阳光、花草、小虫、小鸟，还有龙妈妈和小伙伴。

小葵不要吃很多的饭，小葵不要穿漂亮的衣服，小葵会很乖很努力打扫卫生学唱赞美诗弹好小钢琴种好菜。

只要，别送她走。

天使之家的负责人，被孩子们叫龙妈妈的女人也终于不忍再坚持。

"昆先生……"

她直起身子抱歉地看向高大的男人。

男人满眼怜爱地看了看像只树袋熊一样死抱着柱子不放手的小姑娘，

嘴角的笑容像阳光一样温和地弥漫开来。

"没关系，龙女士，我很喜爱这个孩子，希望能允许我以后周末来教她弹琴，她实在是个好苗子。"

昆飞和夫人廖桐都是音乐家，昆飞擅长钢琴，廖桐擅长大提琴。

来这所孤儿院领养孩子的过程里，夫妇俩对在角落里独自弹着那架破旧小钢琴的六岁小姑娘心生怜爱，决心与她结缘，不想却被拒绝。

"很遗憾，孩子，我们都为你取好了新名字呢。"廖桐忍不住蹲下身，温柔地把小姑娘抱在怀里，抚摸着她黄黄软软的头发，"我们商量了，给你取名叫以薇，昆以薇，你喜欢吗？"

小葵听出了美丽的女人言语中的温柔。

天使之家的孩子，为了表达一视同仁，名字都是小字后面加个字。

小葵，小海，小瑞，小婵……

不像昆以薇……这三个字，听起来那么郑重其事，让她意外被重视的心情变得惶恐而愧疚起来。

"龙妈妈！小葵不去，我去行吗？行吗？"

小胖妞小恬不知道从哪里钻了出来，她刚才听小伙伴们说，小葵要被领走了，要去一家很有钱的人家了，她顿时羡慕得想满地打滚。

就算小葵是她最好的朋友，她也会羡慕得哭起来的……

因为，有钱的人家意味着每天有吃不完的零食和穿不完的美丽衣裳呀！

小葵居然不肯去！

那她去呀！

　　龙妈妈哭笑不得地轻轻捏住这个小肉团子的两颊，嗔道："小恬，你每天吃这么多，谁要你呀？"

　　龙妈妈没有猜到结果。

　　但她亦是上帝虔诚的子民，她相信一切安排，都是美意。

　　小恬的勇敢为她赢得了从此吃不完的零食和穿不完的美丽衣裳。

　　后来，她真的成了昆飞与廖桐的养女。

　　她得到了那个名字：昆以薇。

　　而与此同时，小葵得到了另一个名字。

　　龙妈妈温柔地笑着，教她在纸上写自己的名字。

　　龙葵。

　　龙妈妈三十岁时只身创办了这所孤儿院，此前却从未在自己名下收养过任何一个孩子，最终龙葵成为她在法律上唯一的养女，也成了这所孤儿院的继承人。

　　小迟在梦里轻轻翻了个身，淡色的眉眼微微蹙紧，又缓缓松开。

　　画面转换。

　　这一次，梦里的女孩十七岁，她叫龙葵。

　　她的头发黑亮柔顺，她的手指洁白纤长，她总是穿着一朵花儿也没有的简朴衣裳，却依然越来越有少女的美丽模样。

　　孤儿院的孩子们总是在更小的时候被人领走，而不得不留下和她一起数着石缝里的草木荣枯的同伴，不是一身残病就是奇形怪状。

还好她学会了弹琴给大家听。

以薇的爸爸，就是当年想领养她的钢琴家昆飞叔叔，发现了她在钢琴方面的天赋，开始是抱着试一试的心理，后来却越来越震惊于她的灵性，以至于将大量的时间都用于培养她。

她并不知道自己弹得有多好，她只知道，弹琴让自己感到温暖和安全，也让周围的人快乐。

于是她就更加努力地把几乎所有的业余时间花在了这件事情里。

十四岁，她拿到国家大奖，成为令琴坛瞩目的天才钢琴少女。

那几年，龙葵的名字，在许多散发着墨香的报纸上，都曾有过充满溢美之词的长篇报道，还有一些她弹琴时的照片。

照片上的她，长发及腰，纤细柔弱，沉默干净的脸庞像诗中的月光，长长的裙子蜿蜒脚踝，十根手指在黑白琴键上迸发出惊人的清越声响。

而此时，在梦里紧紧皱着眉的，是在剧组打杂的少年小迟。

所有人都以为小迟是一个还未毕业的大学生。

小迟剪着少年的碎碎短发，个子瘦瘦高高，眼神温和，笑容羞怯，沉默勤劳，落落大方。

他站在昆以薇的身旁。

心里有一双眼睛，却是看着大明星路远的方向。

▶ 5 路远

| 希望下一场雨 希望遇见彩虹
| 希望长成一棵树
| 希望你会叫出我的名字
| 希望那些往事 你不要全部忘记

他轻轻敲了敲门，门里的声音一下子消失了，空气安静得有些可笑。

他向上拉了拉嘴角，心里却是冰凉的。

他大概是疯了，才会在晚上来敲昆以薇的门。

但凡这剧组里有一双不安分的眼和不甘寂寞的嘴，他和昆以薇疑似相恋的八卦就会连夜登上各大头条。

所以，他大概是真的疯了吧。

门里依然一片安静，他锲而不舍地敲门。

门终于开了。

门里露出来的，果然是小迟那张清秀的面容。

紧接着，昆以薇披着大大的暗红金丝披肩，湿着长长的发出现在他的身后。

他们一起看向他。

"那个，我明天要离组一趟，有个广告要拍。"

路远微微笑了笑，说道。

今天他的笑容里，多了一些刻意的味道。

其实别人应该都看不出有什么不一样。

但是小迟却能感觉。

那个人，并不像他表现出来的那样心里有着用不完的阳光，每一天世界都是晴朗，那或许只是他身边的人对他的期望，于是，他就演成了那个模样。

那个人的心里，其实是敏感而柔软的。

也许那一点刻意，是因为今天发下来的成绩有一点点不完美，也许是因为看到了某条街巷里蜷着一窝可怜的初生小猫，也许是爸爸妈妈早上拌了一句嘴，也许只是学校中午的广播里放的不是他最想听的那首歌。

可是，假如认为这些了解，就是一个完整的路远，那便又大错特错。

路远那独一无二的耀眼光芒在于，每一种窥探与接近，都似乎不是最后的结果。

他是骄傲的，也是稳重的。

他是天真的，也是迷茫的。

他是顽皮的，也是敏感的。

他是善良的，也是理性的。

他像一本失落人间的魔法之书，每天读一页，还有下一页。

他那么好。

路远可能并不知道，在他还是一个无名少年的时候，他的种种细节，已经有一个人，用眼睛，偷偷替他收集了起来。

藏在上锁的小盒子里，妥帖地安放了这么多年。

此刻站在昆以薇的门前，他的心情，是别扭而沉重的，几乎想要溃败，却不能够。

他继续说："我过来把大家的微信都加上，咱们也加个微信，组里有什么事，你可以发消息给我。"

他黑如夜色的眼睛定定地看着昆以薇，眼底没有笑意，只有压抑。

昆以薇把门打开到最大，招呼他进来。

"不进来了，你们早点休息，我就是过来，加个微信。"

路远有些固执地强调。

末了，又补充一句："小迟，把你的微信也加上吧。"

门，缓缓地、缓缓地关上了。

像是把一些难以说出口的秘密，都轻轻关在了箱子里。

门里的人和门外的人，都长长地无声地叹了一口气。

小迟有些小心地看着昆以薇的脸色，后者拿着自己那台装着桃红色手机壳的手机，默默无语。

于是小迟便转身继续收拾明天的台词。

"小迟。"昆以薇突然叫他。

"嗯？"

"你真的相信路远大晚上的过来敲门，是为了把剧组里的人微信都加上？"

小迟直起身子，似乎是认真地想了一想，但到底还是没有答案。

但昆以薇其实也并不是真的需要他给答案。

答案在她自己的心里，也在她自己的回忆里。

"他路远拍戏，需要把组里的人微信全加一遍？你不要看他那人平时乐呵呵的，其实在圈里，出了名的界限分明。他今天是有些反常了。"

小迟没有接话。

刚刚放回口袋里的手机，隔着多层衣服，仿佛仍然发出微微的热来。

他轻轻把一张台词纸叠到了另一张上，丝毫不差。

昆以薇却仍然忍不住想要回应。

她说："小迟，你说路远为什么会反常？"

小迟的手在半空中停顿了一秒，他答非所问道："薇姐，你以前是不是和远哥认识？"

昆以薇怔了一怔，似乎突然意识到了自己的失言。

恰到好处的笑容从她莹白如玉艳光四射的脸上洋溢开来，看得小迟呼吸也为之一窒。

她说："很久很久以前，我陪着一个朋友，时常躲在街角的树后偷看他放学。"

而他大概，已经忘记。

▶ 6 以薇

| 红色的衣裙 红舞鞋
| 公主跳舞停不下
| 她想要一个童话

窗外无名的树上，开出了几朵白色的花。

小迟正在帮昆以薇熨衣服，突然调皮心起，把脸凑近窗户玻璃大大地哈了一口气，然后迅速地伸出右手食指，在白蒙蒙的雾面上划了一颗五角星。室内的温度很暖，于是雾面飞快地消失了，连同那颗转瞬即逝的星。

昆以薇正坐在红色的沙发里懒洋洋地刷着手机。

不经意地抬头间，瞄到那窗边正在干活的清瘦少年一个小小的插曲，眉心忽然一动。

"小迟。"

她叫他。

"以薇姐。"小迟已经恢复了手里的工作，听到召唤就转过头来。

他回过头的一瞬间，昆以薇有一种错觉，好像在他那张少年气的面孔上，模模糊糊闪过了久远以前谁的影子。

她惊了一下，但仔细再看，熟悉的感觉却又无处可寻。

她想，她也许不再年轻了。不再年轻的人，才会开始时不时被回忆入侵，才会开始思念一个已经很久以前就消失在了生活中的故人。

"小迟。"她一向咄咄逼人的语调难得地柔和下来，眼睛亮晶晶的扫过小迟纤细的手指，"累了就休息一下。"

"好。"小迟也不多话，就轻快地应了。

"你……刚才在窗子上画什么？"纠结了几番，还是脱口问了出来。

"啊？"小迟有些不好意思地挠了一下头，"那个，就乱画了一下……"

"是颗星星。"她其实看见了，即使它转瞬即逝。

"是的。"

"你，很喜欢画星星？"

"还好吧。"

昆以薇没有再追问下去，她觉得自己有点儿可笑，她不喜欢这种感觉。

然而，嘴可以控制，心却不能。

记忆里，有个小小的女孩子，也喜欢做这样的事。

在冬天里朝玻璃上呵气，然后用手指在上面画星星。

她会转过头来朝她笑。

"小恬，小恬，我们来弹钢琴吧。四手联弹好吗？"

"才不要，弹琴好累哦，小葵，你弹给我听。"她总是鼓着小嘴这样回答。

嘴里满塞的食物让她觉得安全。

然后，会在窗上画星星的手指，就会轻快地在黑白琴键上跳跃，像世界上最美的一群小精灵，音符飘起来了，空气里充满了安宁祥和的味道。

快过年了，过年就有好吃的了，小恬最爱吃好吃的了。

昆以薇猛地闭了闭眼睛。

再睁开时，现世清明。

小迟手中的一件衣服已经熨好了，他把它挂好，又拿出一件来。

他做事就是这样沉稳认真，一丝不乱，让人信赖。

昆以薇小小的表情变化他都看在眼里，然而，他不知道该说些什么。

小小的动作泄露出小小的秘密，一个人走得再远，总有些气息留在原地，像古老的墙砖上留下的青苔痕迹，像风化的沙岩上曼妙的花纹，像亘古至今未变的风和传颂的歌谣。

如果龙葵还活着，大概，她会是世界上最希望昆以薇幸福的那个人。

因为她们是最好的朋友。

但是，这却不是小迟此行的目的。

他想，龙葵或许明白得太晚了。从很小很小的时候起，以薇就是一个会为自己寻找安全寻找温暖的孩子，她一定会得到幸福，只是时间问题。

而从来不懂得救赎自己的，其实另有其人。

他的脑海里，浮现出一个穿着黑色龙袍的孤独帝王背影。

大雨如注，如鞭，如最虐的刑。

而他不会躲，也躲不起。

在那个久远的关于孤儿院孩子们的故事里。

小葵变成了龙葵。

小恬变成了昆以薇。

而变化了的，又何止是了一个名字一个姓氏？

"小恬，妈妈做了紫菜饭团，要我带一盒给你。"龙葵追上来，把手中包得精美的饭盒递上前去。

以薇眼睛一亮，以前在天使之家时，她最喜欢的食物就是龙妈妈的紫菜饭团了！

她迫不及待地掀开饭盒用手抓了一个直接扔进嘴里，然后含混不清地对龙葵说："拜托，和你说了很多次了，不要再叫小恬了，叫我昆以薇！昆以薇！"

"哦，对不起，以薇。"龙葵不好意思地笑起来，她的眼角弯弯地微微上扬，整个人看起来乖巧又明亮。

十六岁的昆以薇叹了一口气，又抓起一个饭团往龙葵嘴里塞去。

"笨蛋。"

她已经不再是那个胖乎乎的小恬，现在生活在钢琴家家中的她，已经是时尚苗条大方的美丽少女。但是，她最好的朋友，仍然是天使之家的小葵。

那一场领养风波，令她们都拥有了各自的姓氏，因而前途变得渐渐地光明。

"龙葵，你这么笨，为什么弹琴弹得那么好？我爸说，明年要送你去参加国际比赛，说不定你能得奖呢。"

她们一起站在街边的大株樱树下，分享着美味的食物并叽叽喳喳不停。

"昆叔叔这么耐心地教我，我得努力练习才行。"龙葵听到的重点并不在"得奖"上，她心心念念着要回报那个为她付出了无数心力的钢琴家叔叔，也就是以薇现在的爸爸。

"他也有很耐心教我啊！"以薇大大咧咧地一屁股坐在白色的护杆上，扬起脸来，"可是我真的好讨厌弹琴哦，觉得手指像化石一样僵硬。对了，你以后会不会和我爸一样做一个钢琴家？"

"以后？"龙葵怔了怔，"以后，当然要帮妈妈打理天使之家啊。"

近年来龙妈妈身体越来越不好了，过度的辛劳让她病痛缠身，早一点长大，早一点分担，这对于龙葵来说，似乎是理所当然的。

"笨蛋，就知道天使之家。"伸指戳了戳龙葵的额头，手指的皮肤上擦过她软软的刘海，以薇灿烂地笑了起来，"我呀，我想做一个大明星！好多好多人朝我欢呼的那种！然后可以赚好好多多钱！"

"啊，小恬你现在这么漂亮，一定可以的。"

"是昆！以！薇！"

"对不起对不起……"

小迟的手机突然在他的衣袋里振动了一下，令他身体一紧，整个人从回忆里被猛拉出来。

他低头掏出手机来。

亮起来的屏幕上显示出"路远"两个字。

他划开屏幕，一颗心竟然无端地咚咚重跳了起来，需要用很大的力气，才能保持平稳的呼吸。

其实，只是一句简单的话。

"组里今天有什么事吗？"

嗯，真的很简单。

他把屏幕按灭，又按亮。

只是，这么简单的话，路远这样的大明星，有助理有同级别的演员有更多的熟人可问，又何须单独问他一个刚刚认识不久的新人呢？

他觉得心里很酸涩，眼角很酸涩，说不出来是什么滋味，也许有些欣喜，也许有些苦味，也许有些期待。

然而，恍然间一抬头，看到已经恢复明净的玻璃上，映出来的自己的面孔。

少年的面孔，并无异样，却像一盆清凉的雪水，从心脏的正上方猛烈淋下，寒到震颤。

大概，路远真的只是随便找了个人发了条简单的讯息而已吧。这样的他，又怎么可能认出这样的自己？

小迟再次轻轻摁亮手机，编辑信息。

"远哥，组里一切都好，您放心。"

想了想，又加了一句。

"你什么时候回组呢？"

当然是逾越了。

可是啊，他的时间……

时间似乎永远在追赶着他。

过去是，现在仍是。

点击发送。

▶ 7 龙葵

| 你是枝头新绿 你是明亮火焰
| 你是不期而遇的好运
| 你是人间第一场四月天

龙葵，这次省里的演出只有一个名额，学校决定派你和路远搭档演出。

老师没有发现，一向温顺少言的龙葵在听到路远的名字的一瞬间，手指似是无意般一根一根搭了下来，然后又悄悄握紧。

她认识路远吗？

那大概，是一个暖洋洋的日子吧。

她和以薇，一起走在那个少年放学归来的必经路边，少年悠闲自在地从远处走来，又走向更远，然后以薇说：龙葵，你看。

她故作夸张地抽了一口冷气。

然后，龙葵抬头望去，便仿佛看见了光。

以薇说，那个人叫路远。

山高路远，情意绵长。

在那场演出以前，龙葵弹钢琴已经拿过不少奖，在校园里更是名气斐然，只是个性内向，看似温柔却生人勿近。

而和她搭档的路远，是另一种意义上的校园红人，他十项全能，开朗大方，习惯于活在光芒里，这一次，要用双簧管与她合奏。

老师不知道，这万千草木，济济面孔，对于龙葵来说，唯有路远这个人，是不一样的。

曾经有一天，天使之家的白化病孩子小白在放学路上被几个大孩子欺负。

是路远出手相助，并且在周一的全校升旗早会上，发表了一番激烈演说，呼吁大家停止校园暴力。

龙葵默默地站在人群里，她认出了那是以薇和她在路上见过的好看得仿佛会发光的少年。

而那一刻，她听着他的声音，听到他的言语，她禁不住开始全身颤抖，眼眶发酸。

那时，她并不明白这种感觉是什么，春天刚刚到来，枝头的嫩芽初次吐绿，而简单如白纸的少女龙葵，怀着慌张而狂喜的懵懂，迎接了她的第一次心动。

我表现得够好吗？

他会嫌弃我吗？

我还可以表现得更好一点吗？

他今天对我说了几句话？

他今天会准时出现在练习室吗？

在和路远一同练习的日子里，龙葵因为紧张和慌乱，而变得更加沉默。

幸好她还有钢琴。

少女表情严肃，手指在琴键上飞舞，爆发出惊人的手速与力量，音符里流淌着所有的秘密，一遍又一遍，不知疲倦地期盼明天的太阳。

而她不知道，在路远的眼里，叫龙葵的女孩高冷异常。

她紧抿的嘴唇似乎不愿意多吐露一个字，除了惊人的琴技，她几乎就是一个木偶。

他知道龙葵是著名钢琴家的嫡传弟子，也知道她在专业领域年少成名，所以，习惯了微笑待人但实则内心高傲自尊心超强的少年，便自作主张地判断，她是不屑与他合奏的。

于是他也有些孩子气地关闭了与她交流的门窗。

不是寻常的他。

也不是寻常的她。

然而，他们彼此都不曾知晓。

只是春天的阳光那么温柔而湿润，金色如万千丝线的光穿过窗棂，缠绕在少女洁白纤细的脖颈和柔软泛着光泽的长发上，她的表情认真而专注，指下的曲子如有灵魂——他懊恼自己一次又一次为这样的美丽景象失神。

后来，他们从开始的简单交流，到最后干脆彼此不发一言。

练习，练习，再练习。

龙葵是惶惑，而路远是赌气。

然而还是有那么一次，他们之间的空气出现了波动。

113

那一天龙葵穿了一条白色的简单的裙，然后在练习完起身的时候，被路远发现身后嫣红一片。

彼此固守的平衡被打乱。

龙葵惊慌失措羞愧难当，路远在最初的无措后，果断脱下了衣服挡在她身上。

他们沉默地走在回去的路上，那条路，他们都曾经走过无数次，然而这却是第一次，并排同行。

在岔路口，龙葵低着头用几不可闻的声音说谢谢。

她的脸依然红如滴血，眼睛的视线几乎不敢落于他。

明明街上有那么多声音，但那一刻，路远觉得他能够听见眼前的女孩害羞的呼吸。他忽然就原谅了她之前的冷淡，也原谅了自己。

以薇说：哇，龙葵你现在是女性公敌了，你居然和路远一起演出！

龙葵想：是啊，我那么幸运，所以我还要更努力一点，演奏丝毫不能出错。

她的心思一向单纯如净水，对于一场心动的表达，无非就是在琴技上努力再努力。

她丝毫不知道这样可爱的她，在后来的岁月里被人明了，将会是一场多么燎原的明亮火焰。

▶ 8 路远

| 我想摸你的头发 问问你那里下雨了吗
| 我想牵你的左手 一起走回家
| 你微笑不说话
| 你流泪不说话

出道以来，在娱乐八卦的版面上，路远永远有绯闻，一直没实锤。

有绯闻是因为近年来他几乎合作过所有的当红大花小花，环肥燕瘦戏里日常就是你侬我侬，人们不太相信血气方刚干柴遇烈火不起反应。而没实锤是因为无论狗仔们怎么盯梢，这么多年却没有一次拍到过路远和任何女性的交往证据。

水面的喧嚣再狂浪，水底却依然静默。

没有人相信有颜有才的路远会活得像个苦行僧。

大家纷纷猜测也许他早就隐婚，太太或是圈外人。

这几乎成了娱乐圈一大谜团。

明亮的笑容下隐着最捉摸不定的心事，即使是陪伴路远多年的林丽丽，也不知道他真实的想法。

他的心像被锁在幽远的古堡里，妆容永远戴在面上，油彩模糊了真实的皮肤触感，疏离又寂寞。

多年前那一场演出，毫无疑问异常成功。

然而那么多的鲜花与掌声，路远都不太记得了。他记忆里残存的，只有身边的女孩发间飘来的淡淡清香，而他的目光一次次似乎无意地掠过她飞舞在琴键上的手指，像一场场温柔的抚摸。

让人血脉贲张，脸热心跳。

他从来没有告诉过任何人，他想站在她身边，已经很久。

看她放学后去低年级将天使之家的残疾孩子们一一接到身边带回去。

看她的名字一次次出现在学校的喜报里。

看她一步步走近自己身边又擦肩而过带来一剪春天杨柳风。

看她被老师领到他面前交代演出事宜时微红着脸低着头吐出轻声的"你好"。

他曾经想象过很多可能开始的故事情节，并为此而设想了许多种开始的方式，然而一切都未及实现。

"路远，和你一起弹琴的龙葵，我要追她。"好友席泽说。

席泽也算校草之一，家境不错，名牌加身，自命风流，因为一起打篮球，两个人成了知交。

听到席泽的话，他的心里一沉。

面上却风雨无惊，只轻松一笑。

好啊，支持你。

话一出口，心里已经悔了个姹紫嫣红，恨不得把舌头拉出来鞭打——

一个声音在脑海里轰然炸响：不行！

那舌头却在此刻强行罢工，只看得席泽的嘴在一张一合，面上兴致勃勃，散发着青春里野心汹涌不可一世的光。

当他坐在夕阳下开始像个老人一样沉默地回忆的时候，他会对少年时的自己说：你是多么愚蠢敏感又天真啊。

他眼睁睁地看着席泽似是无心撞到了放学的龙葵，一脸温柔笑意地与她同行。

他眼睁睁地看着席泽为龙葵放了一场烟花。

他眼睁睁地看着席泽向他炫耀，说没有什么女孩是他追不到。

而他，竟然就这样开始赌气，所有说不出口的话都变成了巨石压在胸口，他烦躁苦闷失去一向自傲的自控力，再进一步把火气撒向了一无所知的她。

他开始回避她。

年轻的人啊，多么的荒唐可笑，又多么的莫名其妙。

而他不知道的是，那时候的龙葵，也面临着人生的重大选择——她即将要奔赴一场位于法国的重要演出，而去的时候，昆叔叔为她联系好了非常难得的音乐学校的面试机会，希望她借此留在那里进行专业深造。

龙妈妈和昆叔叔满怀期待的目光令她无法拒绝，她一向是那么的温柔如水，不忍伤害任何人的好意，又怎么能拒绝她生命里最重要的两个人的要求？

这一去，至少是五年，也许更久。

像深海里的珊瑚，也许会失去它的暗礁。

像雪层下的春芽，也许来不及破冰萌出。

像未知被打开。

像迷惑无解答。

当路远接到龙葵塞进他手心的小纸条，就像多年后小迟向他怯怯举杯时一样，他那原本被巨石用力压住呼吸困难的心，仿佛突然间呼的一下猝不及防被推开了一条缝，新鲜空气一下子涌了进来，舒爽到令他几乎流泪。

她约我见面，她约我单独见面，像天使一样的女孩，脸红得胜过那天边着了火的漫天霞光。

她所有的心事啊，都那样明白的写在脸上。

路远像石像一样看着那个纤细的背影像林边溪泉畔的小鹿一样跑远，他没有声音发出，整个世界只剩下自己一声重过一声的心跳。

那一刻，所有的言语都是苍白的吧，那少年与少女的心事，不及出口，便当知彼此已经明了。

那是龙葵活着的时候，留在路远的记忆里的最后一个画面。

在漫天的霞光里，纤细的身影像受惊的小鹿奔向远方。

如果真有天堂，路远想，那大概就是最接近天堂的景象。

而此日过后，便是漫长而无边的黑暗，光亮在血色里消失殆尽，只剩下无穷无尽的悔与痛。

那天晚上，路远因为拨错了闹钟而迟到了一个小时。

当他赶到相约的地点时，看到的，是龙葵躺在血泊里的样子。

那是一处人迹罕至的废楼，到了夜晚几乎无人路过，却是他们放学时经常抄的近路所在。也许龙葵约他在此是为了避开学校的老师和孤儿院其他的孩子，然而，她没有想到，路远会迟到。

那是路远第一次握住龙葵的手。

他曾经幻想过无数次，将那双在钢琴上飞舞如仙的手握在掌心。

而今，他得偿所愿。

只是，鲜血浸透了白皙的肌肤，带着令人颤抖的黏腻感，龙葵的手指，冰凉如玉石，已经失去了最后一丝生命的气息。

她独自躺在那里，不知已过了多久。

▶ 9 路远

| 秋雨漫延过春花
| 梦里的故事从冬走到夏
| 你在哪里呀
| 你好吗

在龙葵死去的第三年，路远因为一场偶然的试镜而走上星路，一部青春偶像剧令还在上大学的他成为了万千国民瞩目的男主角。

他签了公司，开始习惯于日夜奔忙在片场和学校间，记不清有多少次，飞机的银翼划过长空，忽明忽暗的云朵透过狭小的窗将光投照在他年轻却疲惫的睡颜上。

在镜头前，他的笑容明亮而灿烂，像一颗颗晶莹透亮的糖果，瞬间准确击中了无数少女的心。

而只有他的经纪人林丽丽才知道，在梦里，他总是紧皱着眉，有时会露出惊慌痛苦的失控表情，张开嘴，却叫不出声。

如果此刻将他摇醒，他便会在睁眼的瞬间将表情调整到温暖的角度。

他睁开眼睛，露出笑容，友好而妥帖。

他拒不承认刚才有梦，好像一切都只是她幻想出来的错觉。

只是这错觉，从路远还是个大学生开始，一直绵延到了他无懈可击的中年。

还有一件事，是林丽丽渐渐开始介意的。

那就是，从她带路远开始，路远就是没有过任何恋情的。

机敏的媒体捕捉不到绯闻的痕迹，狗仔跟踪不到任何出格的线索，他渐渐成为了娱乐圈里一个友好的笑话，他是无数女性的梦中情人，但他始终一个人。

路远温和友好，不摆架子，待人真诚，在媒体中人缘尚好，有时就会有相熟的前辈和林丽丽开玩笑，说你们家路远是不是那啥啊。

林丽丽眼睛一瞪，双手把腰一叉，说他要是那啥，也得你们拍得到啊。

大家就相视哈哈一笑。

但林丽丽自己的心里，并不是不打鼓的。

开始的几年，怕他有绯闻。

后来的几年，盼他有点动静。

再到现在，恨不得求他随便有点什么都行。

私下里也自叹自己不过中年已经像这么个大男人的妈一样操心，大概是缘也是命。

随便是谁都好啊！

她心里嘀咕：是男是女是狗是猫都好啊！

不要再一个人了。

不要再在镜头照不到的地方，活得像个苦行者了。

到底是经历过什么，才让你这样年轻，就已经紧紧地关闭了自己的世界……

林丽丽不知道，那场不知所起却惨烈终结的朦胧恋情，对路远造成的毁灭性的冲击。

龙葵的死，一度震惊了整个城市。

报纸以大量篇幅来追踪报道猜测她的死因。

而警察最后的结论，却是自杀。

孤儿院长大的少女，心理有着外人无法得知的阴影，在深夜独自出行，爬上高楼一跃而纵，结束了自己的生命。

她衣着整洁，表情安详，周边没有除了坠地造成的伤以外的任何创伤。

如果不是那片触目惊心的血海，她大概，就像是睡着了。

所以，人们渐渐开始相信，她真的是自杀。

毕竟人的心理啊那么复杂，活在世上的人谁没有几件伤心事，何况是一个从小被抛弃的孤女？

除了为她发出几声喟叹，似轻轻的尘土转眼被风带入了空茫，龙葵，便像是从未来过这世界一样，慢慢被遗忘。

最后，连最疼她的龙妈妈和昆叔叔，都相信了她是自杀。

他们只是自责，深深的懊悔和自责，没有更多的关心她，走近她，也许平日里给她的压力太大。

这世间，最后只剩下一个路远，固执的坚持着她不可能自杀。

他无法忘却她的每一个笑容。

每一个清澈柔软的眼神。

每一次紧张时羞怯不安扣紧的纤细手指。

他用了一千个一万个漫漫长夜，来一遍一遍确认，那个夜晚，对于龙葵来说，原本应是一次美丽的约会。

她坠落的地点离他们约定的位置很近，路远幻想着，也许龙葵等了他很久，他却因为拨错了闹钟上的时间而没有如期到来。

于是龙葵就爬上了附近的高楼，偷偷张望。

就在那里，她遭遇了意外。

如果，不是因为他的迟到，一切变故应该都不会发生。

他觉得很冷，从看见龙葵死去的一刻起，就像血液结了冰一样冷。

他必须一直努力地笑着，闹着，来驱散周身的冷。

来暂时忘却内心里一遍遍的追问。

为什么你会死去？

是谁害了你？

是我吗？

为什么一向准时的我那天会迟到？

你在哪里，你在怪我吗？

他的笑容阴错阳差带来了机会，他糊里糊涂地进入了娱乐圈，成了大明星。

然而世间还有哪里比娱乐圈更热闹更喧嚣更适合躲藏呢？

永远被人围绕着，永远有声音在耳边争先恐后地响，有明亮的灯照着，他照在那光圈的中央，便像溺水的人得到了氧气，暂时可以呼吸。

而回到一个人独处的世界里，他又会开始觉得冷。那冷气无孔不入地钻进他的皮肤，刺入他的血管，他忙于抵抗那痛苦，时间竟飞快流过，一年一年，精疲力竭。

直到席泽找到了他。

他没有想到身为富家子的席泽也会进入娱乐圈。

说来也奇怪，自从龙葵出事以后，他和席泽竟莫名地渐渐疏远。

明明彼此未发一言，却仿佛有堵无形的高墙横在了他们的中间，路远想，席泽应该是察觉到了他对龙葵的心思了吧。

过去总是三句不离风流谈笑的少年，仿佛自那场意外起，便将曾经的青春心思变成了禁地。

路远心陷囚牢。

而席泽退避三舍。

谁也不提，谁也不碰，像两个世故的大人一样苍凉，渐渐地，就成了陌路。

凤凰花开了又谢，一树一树，落红如霞，而青春，就这样悄悄结束在了一场血色的意外里。

奇迹始终未来。

再见到席泽，未曾料到竟是在一张演员表上。

一长串的配角名单里，路远纯属无聊手上把玩着纸张目光没有焦点地扫来扫去，不知怎的就扫到了那个熟悉的名字。

席泽。

他心里一跳。

手机上的搜索信息一条一条跳出来。

路远面上挂着笑，头也不抬的回应着剧组旁人的搭讪，窗外杨枝吐绿倚墙探，好一片春意正浓。

谁也看不出他的心里有些久远的东西，在翻江倒海。

他不想见到席泽。

但他预感他们还会再见。

有些东西，只是直觉。

那日下午，终于到了有席泽参演的与他有交集的唯一一场戏。

路远是王，席泽是兵。

兵匆匆从殿外进来，跪伏于地，向王报告前线战况。

台词五句。

结束的时候，路远身边仍然是众人环绕着，他没有朝席泽的方向多看一眼，却不出意外地收到了一条手机短息：

路远，我知道龙葵真正的死因。

只这一句，路远几乎将牙咬碎，才稳住身形，不让身边的人察觉到他笑容的破裂。

他终于知道他长久以来对席泽异样的疏离感和陌生感来自哪里。

席泽不是过客。

他也是那场噩梦的梦里人。

后来发生的事情，路远无论怎样用力思考，记忆都无法完整而清楚地拼凑成形。

他只记得冲天的火，宛若红莲地狱，而他身在其中，迟迟无路可逃。

身后是谁凄厉的声音在叫喊在呼唤？

为什么最后逃出来的只有他一个人？

他都已经模糊了。

如果有人翻起那些日子的娱乐新闻，大概能看到上百个版本的猜测与报道。那一场火事，剧组的道具房被烧得精光透彻，而国民偶像席泽独自逃出，昏倒在外幸运被救，火场里却另有一同组演员席泽被严重烧伤毁容。

这件事并未给路远的职业生涯带来什么影响，毕竟他分毫未伤，而受伤的只是一个连名字也很难被人记住的龙套演员。

如同再狂的风吹过，也终究不过是一阵风，让平静的水面荡上几荡，最后也悄悄地迅速地消失了声响。

唯一让人诟病的是，一向好脾气好人缘高情商的路远，事后竟未曾亲自去给席泽探病捐款。

只是这一点点疑惑，也很快在路远的新剧上映的又一播收视飙红里，化为了粉末尘埃。

▶ *10* 小迟

| 路远，我回来了
| 我回来的日子暗香正袭
| 衣薄夜欲晚
| 素尺裁绢衣

小迟轻轻推开门。

他走时昆以薇就已经睡下了，所以他不敢开灯打扰，只凭着记忆，摸黑朝沙发的方向走去。

他是回来取一件衣裳的。

是昆以薇嘱咐他一定要连夜送去酒店干洗的红色外套。

他走时手里拿满了东西，一时竟给忘了。

只好又折回。

以薇素爱红衣。

小的时候，在天使之家，所有孩子的衣裳，都是素净的颜色。有时有好心人送来的一些衣裳中，出现了鲜艳的红，龙妈妈也会把它们挑出来收好，直到过年时，才拿出来分给大家穿。

龙妈妈说："红色是太阳的颜色，不能轻易穿在身上，太鲜艳了，心就按不住了，容易走到要不起的命运里去。"

孩子们听她说，自然都似懂非懂，但自小看尽世间冷暖眼色的孩子们，自然是最冰雪剔透的，听龙妈妈的安排，也就不闹，领了自己的新衣裳，便心满意足地离开。

只有以薇，当时还是胖妞小恬，总是不依不饶，非要挑走那些红色的衣裳，不惜号啕大哭着满地打滚来要挟。

那自然也是不能得逞的。

于是，小恬就做出了一件令其他孩子都震惊的事——她偷了龙妈妈的钥匙，深夜去开储物柜的锁，将那些锁好的红衣偷了出来，一件一件地试穿，最后，终于挑了一件红色毛衣，穿在身上，喜不自禁地爬回了自己的床上睡着。

早晨醒来，自然迎来了一场大风雨。

龙妈妈是脾气非常好的人，却也气得浑身发冷，她对孩子们一向宽容，但对偷窃这种品德问题却不敢轻饶。

最后苦口婆心教育了小恬许久，罚她将衣服放回后，在大家一起唱诗的时候，独自站在墙角思过。

大概就是那次以后，小恬就对龙妈妈有了怨言。

她曾经不止一次偷偷地对小葵说："长大以后，我要离开这里，买很多很多漂亮的红衣服穿，吃很多很多好吃的零食！"

说这话的时候，胖乎乎的小脸上，一双眼睛闪闪发光，亮如繁星。

小葵不知道该回答什么，只能拉着小恬的手低声劝："小恬，龙妈妈是为了我们好……"

这话题便总在小恬的一吐舌一鬼脸里匆匆结束了。

后来，小恬成了昆以薇后，就真的有了穿不完的漂亮红色衣裳和吃不完的零食。

但奇怪的是，过了青春期后，她反而开始清瘦下来，退去婴儿肥的小脸上，现出娇艳的容色，一双大在眼睛秋波流转，气场也渐渐强大，曾经闹哄哄的胖妞样子，再也寻不到影踪。

像是要故意让龙妈妈看，每次回天使之家，她总是穿着最亮眼的衣裳，像是这素淡小世界里一抹刺目的风景。

小葵看见过龙妈妈偷偷轻叹。

她便跑过去，笨拙而认真地靠在龙妈妈的胳膊上，什么也不说，也不知道该说些什么，那软软的小小的暖暖的依偎，已带来了奇妙的安慰。

她们似真正的母女一样相视而笑。

有的时候，龙妈妈也教龙葵念《诗经》里的句子：

泛彼柏舟，亦泛其流。耿耿不寐，如有隐忧。微我无酒，以敖以游。

我心匪鉴，不可以茹。亦有兄弟，不可以据。薄言往愬，逢彼之怒。
我心匪石，不可转也。我心匪席，不可卷也。

……

她跟着一句一句地念，虽然不解何意，却也觉得柔情万种，荡气回肠。

阳光从屋檐上往下漏，照得人的脸也暖暖地发着烫。

那时候，龙葵天真地以为，她的一生，都会和这个日子一样，平淡又美丽地度过。

不争芳妒艳，但求安居一隅。

小迟拿起搭在沙发扶手上的那件衣裳，就准备轻轻退出房间。

然而，就在此时，以薇熟睡的内室里，一声变调的咆哮令他下意识停住了脚步。

他不敢相信那尖厉疯狂的声音竟是昆以薇发出来的。

"住口！席泽！你不是人！你不是人！"

里面有别人？！

小迟吃了一惊，浑身的血仿佛都一下子抽走了，皮肤变得冰冷。他犹豫着要不要敲门，却在抬手的瞬间，意识到昆以薇是在接电话。

像是积蓄了多少年未曾发泄的怨愤，昆以薇失控的声音汹涌着从里间涌出，根本停不下来，也并不想停下来。她已经受够了。

"席泽，我告诉你，我不会再给你钱去吸毒了，你就死在我面前，我也不会再给你钱！这些年，我受够了！"

"没错，当年我无知爱上你，我爱你爱到没有理智，因为爱你，我甚

129

至替你隐瞒了龙葵死的真相！她是我最好的朋友！她死在我面前！"

"你问我怎么知道她怎么死的？哈哈哈哈！她为了躲开你的纠缠，跑上那栋废楼的时候，我就在你们后面！因为那天晚上我想去找你！我看着她慌不择路从断开的栏杆那里失足跌下去！她就摔死在我的脚边！我什么都没有说！我什么都没有说！因为我怕说出来你会死！我是个坏女人，可是席泽，你甚至不知道，那时候我肚子里已经有了你的孩子！后来我怕你担心我一个人做掉了！"

"对，这些年我什么都没有说，你要什么，我就给你什么，你要好角色，我就去陪导演睡，你吸毒了，我就给你钱！因为我爱上了一个魔鬼！"

"连你毁容了身体废了，我仍然养着你！你不说，我就不问那一年你和路远之间发生了什么事，但我知道，你去找他，根本不是要角色，你找他，不过是因为龙葵！你早就知道，龙葵和路远互相喜欢，龙葵心里从来没有过你！你妒忌路远，你妒忌！"

"席泽，我什么都能忍，我什么都能原谅，我唯一不能原谅的，就是即使我为你付出一切，你的心里，仍然只有死去的龙葵！你连毒瘾发作的时候都是喊出她的名字！你求她救你，但你身边只有我！"

"所以，你去死！你去死吧！席泽！"

"你去死！我会跟你一起去地狱！"

她尖厉地哭喊着，失控地号啕着，黑暗给了她无尽的假象，让她以为自己终于可以放下面具，尽情地发泄和面对自己。

然而，她不知道，叫小迟的少年，默默地站在她的门外，举起的手，一直没有落下，于是，那门，也始终没有叩响。

他就像一尊安静的石像，散发着古旧的悲凉的气息。

也像是从虚空里归来的游魂，周边已经感觉不到一丝生机。

小迟一个人孤独地走在摄影城的小路上。

他抬头看看清冷的月亮，又看看远处还在赶夜工的别家摄影棚的灯光。

真希望这条路没有尽头，不必求一个答案，不必知道一个结果，不必时间紧迫。

他突然很想很想现在见到路远。

他知道路远住在哪里，也知道可以现在去敲响他的门。

然而拿出了手机，反复地摁亮，盯着那个名字，他发现自己竟没有办法做出下一个动作，只是凉凉的眼泪，不受控制的往下流。

我不在的这些年，你过得如何呢？

我终于回来了，你还在原地等我吗？

无法寻得的答案，对你来说，是一种漫长的凌迟与折磨吧。

而我，只能以这个样子出现在你身边，只能沉默不说话。

路远，路远。

你要怎样才能认出我，你要怎样才能记起一切？

我们之间，无论是过去，还是现在，有多少未曾来得及说出的话，这一生，大概终究是没有机会，说出口了吧。

▶ *11* 路远

| 好久不见
| 我想念你
| 我想亲吻你 拥抱你
| 我们之间差一句 可不可以

戏份过半，路远最近却有些反常地沉默了。

他对林丽丽说他最近睡眠不好，然而实情是，在梦里，他总是听见一个声音，在轻轻地念着什么。

那声音开始模糊不清，如同在浓浓的雾气深处，然而他却感觉到熟悉，深知那是于他很重要的一个声音。

于是他焦急向前，盲目摸索。

再一次一次于梦中失重跌倒醒来。

这梦重复着，直到那声音离他越来越近，越来越清晰。

终于有一天，他听出了那是一首诗。

"泛彼柏舟，亦泛其流。耿耿不寐，如有隐忧。微我无酒，以敖以游。我心匪鉴，不可以茹。亦有兄弟，不可以据。薄言往愬，逢彼之怒。我心匪石，不可转也。我心匪席，不可卷也……"

一时间，他心中大恸，像是身体生生被人剖成两半一样，疼痛到无法呼出一口气来。

少女清婉的声音一字一句地念着，仿佛还看得见嘴角的笑意，眼底的深情。

我等你来，你却未来。

可是我的心意不会改变，我还在原地等待。

从梦里流着眼泪惊醒后，路远便着了魔一样神思恍惚。

除了工作的时候他仍然认真入戏，余下的时间，他时常陷入一种发呆的状态，静静坐着，久久不言。

那戴了多少年仿佛已经长在他的骨植里的面具不知何时已经摘下。

他竟连再没有掩饰的心，甚至生出了一丝拍完这部戏便退隐的离意。

一切都是在很短的时间里发生的，所有人都在偷偷猜测路远怎么了，林丽丽也在猜测。

可是，就连路远自己，也不知道这些变化的原因是什么。

只有一个人，于他是有意义的。

就是那个少年小迟。

只要有小迟出现，路远便无法移开目光。

他看着小迟，来来回回地忙碌，有时朝他笑，有时也默默地回望他一眼，又低头躲开。

他的心会狂跳，会失落，会安心，会期待。

这感觉，竟和多少年前，在学校里期待着龙蓉出现在视线里一模一样。

路远想，他大概是疯了。

他也许得了一种绝症，一种会令人失控的绝症，也许已经有未知的病毒入侵了他的大脑，而他却不知道如何应付。

他从来没有这样无所适从，慌于掩饰对某个人的渴望。

他能怎么办。

他夜里听着龙葵的声音思念着她，而白天，他居然在想靠近那个叫小迟的少年。

心太冷了，太空了，太寂寞了。

他有一种可怕的感觉，如果把小迟拉进怀里，用力地抱紧他，那么，他就会觉得幸福。

他被自己这样的想象吓得半死。

然而，越是压抑，越是渴望。

以至于拍戏到后半段，路远几乎要以最大的意志力来苦苦支撑着这种渴望。

身在娱乐圈，他并非不熟悉同性间的感情，然而，小迟还那么年轻。

他知道所有人都在好奇着他这一生最后会曝光出怎样的恋情。

那么，如果是小迟，可不可以？

如果他去追求这样一个干净柔软的少年，可不可以？

如果他真的爱上了他……

他狠狠掐一把自己的掌心，掐得太用力，血色瞬间弥漫出来，痛觉削弱了狂妄的幻想。

龙葵，我怎么了？

他向着虚空，默默问那个久已离去的少女。

我看着那个少年，竟无数次地，想起你。

就在这样的煎熬里，四个月过去了，终于熬到了杀青前。

路远暗暗松了一口气。

他想，就要结束了，这荒唐的奇怪的一场戏。

也许从此以后，山高路远，再无相见之日。这样也好，他又恢复到死水一样的生活里，无惊无波，一眼看得到尽头。

只等到百年以后，与那个少女天上见。

他这样想着，叹息着，脸上依稀浮现出习惯性的笑容来，却听得身后一个怯怯的声音唤他：路远哥。

是小迟。

少年的手指放在身畔，似乎无意识地一根一根搭下来，又默默地握紧。

路远被小迟的手指所吸引，目光像有黏性，移不开去。

他曾经想过，是不是因为小迟有一双和龙葵非常相似的手，所以他才会产生这样离奇的迷恋。

这几个月来，他从发现到确认自己的感情后，便一直有意躲着小迟，与他保持着距离。

他是昆以薇的助理，并不是他路远的，所以，这样的距离感并不难维持。

然而，今天过后，他们就要告别了。

甚至连说一句再见的机会都不会有。

他突然就不想掩饰了。

然而，他能说些什么？

他其实想说：好久不见。

可是只能说：你好。

他其实想说：我想你。

可是只能说：今天天气不错。

不是真心的话，说出来到底有没有价值？就好像不曾存在过一样，也没有人会记得，转眼消逝于时间。

所以，他不想开口。他只能笑，笑总是真的，笑容的后面，通着心窍，像是打开了一条路，懂的人，能不能走进来？

走进来，看一看，他说不出口的那些话。

可是，看了以后，他转身就走呢？

也许那不是他想要的，他走进来，再头也不回地退出去，比现在更糟，更糟。

所以，你会不会爱我，你可不可以爱我？

我不知道。

他根本没有听小迟的嘴唇一开一合在说些什么。

他只是怔怔地看着那张脸，忽然开口道："今天晚上九点，到城墙上来，我们一起走一走。"

▶ *12* 小迟

| 迷途的小动物
| 眼里有泪光
| 耐心的好猎手
| 丢失了方向

城墙上，月朗星稀。

路远转过头去，看着小迟。小迟的目光，让他想起了第一眼见到他时，那宛若鹿的干净与柔软，现在，还多了他不能承受的依恋。

他不得不强迫自己又把头扭回来，逃避。

小迟的目光，没有修饰与虚掩，他不是演员。

他太直接和干净，带着明明白白的虔诚与真挚，还有用尽全身的力量鼓足的勇气。

这样的人，你无法嬉皮笑脸地扔回去一个似是而非的答案，何况，这场相约，原本就掺了许多无需说明的情愫，当事的两个人，自当知晓。

就如那一年的路远与龙葵。

路远不知为何感到了一些恼怒与无措。

为什么你就能这样看向我？为什么要你前来，你就准时而来？你真的知道自己在做什么吗？你为什么不拒绝，阻止我继续作恶？

因为烦躁，而隐隐生出一些自己也不明了的恶意来。

"抽烟吗？"

他摸出一根烟来熟练地点燃，朝夜色里轻巧地吐出一口白气，看着它飘荡上升，然后转脸问小迟。

路远在人前是不抽烟的。

作为国民偶像，他耐心维持着一个健康向上的形象，几近完美。

小迟怔了一下，下意识地轻轻"啊"了一声。他似乎有些不明白路远此刻的用意，但又不是全然不懂。

白天里路远看向他那烈火一样的眼神在脑海一晃而过，小迟下意识地咬了咬自己的嘴唇，心里闷闷的、涩涩的。

你认出我了吗？

不，你不可能认出这样子的我。

而我，我什么都不能说。

因为说了，魔法就会破。

命运在捉弄我们，而我们只能顺从它。可是路远，你现在在做什么？

你为眼前的这具身体而心动了吗？

你爱上"他"了吗？

就算如此，我又为什么要难过？

"抽。"他拿出手来，心里有些赌气似的。

路远笑了笑，又摸出一根来，却并没有再掏出打火机，而是随手取下了自己嘴里燃着的那根烟，将火星凑了上去。

像是长久以来的等待与煎熬已经到了一个临界点，烟丝迫不及待地大亮，黑暗中两点红星发出渴望的光。

　　路远将自己的那根烟又重新塞回嘴里，再一伸手，却擦过了小迟欲接的手指，直接将另一根烟的烟尾塞进了他的嘴唇。

　　他自己也不明白为什么会这么做，太不像他的作风。

　　他是温柔的、有礼的、优雅的、温暖的。

　　可当他的手指感觉到对方柔软而微凉的唇时，他真的已经这么做了，像个最糟糕的无赖。

　　真实的触感。

　　比梦里要清楚真实千万倍。

　　来不及去思考去整理去抽离，一瞬间的心，已经被揪成了一团，疼得有点儿痉挛。

　　他大概是疯了。

　　这一刻，他生出了一种想要放弃自我的崩溃感。

　　脚下是黑洞洞的千丈悬崖，可他想，要不就算了吧，算了吧，就任由自己掉下去吧。

　　他如此魔怔，就像是命运捉弄的安排，他根本逃不过。

　　他想要更多，更多。

　　就在这时，小迟剧烈的呛咳突然而至。

　　他在惊慌无措中，猛吸了一口气，他所陌生而不懂驾驭的烟草气息，像霸道的入侵者，迅速封占了他的咽喉、气管、鼻腔、胸腔。

　　那根烟在痛苦张嘴间掉到了地上，他咳得眼泪鼻涕都狼狈地跑了出来。

　　于是路远在即将放弃的前一刻，像溺水的人，又重获了一丝正常呼吸的空间。

他顺势扶住了小迟的肩膀，另一只手轻轻抚了几下他的背。

小迟瘦瘦的肩胛骨像两片薄薄的翅膀，触之让人生怜。

"原来你不会抽烟啊。"路远说。

他在小迟痛苦的咳嗽声里，试图找回自己的理智，所以他的声音里，带上的不是同情与关心，而是不合时宜的调笑。

他甚至都没有意识到自己的不合时宜。

"不会抽还逞能，小孩子一个。"他咬着自己的烟头，含糊地评价道。

"男孩子在学校里不都偷偷学抽烟吗？"

"不是。"终于咳得缓过了一点儿劲，小迟的声音有点哑，语气也比平时低落。

但是，他不会逃跑，不会大哭，不会失控。

他还是那个温和的小迟，不会不顾后果地质问，不会撕心裂肺地瞎闹，他其实知道自己是有点强撑了，不知道还能撑多久，但他需要保持自己最后的一点理性。

他是归来的梦里人，可他不能说出他是谁。

除非奇迹发生。

他只可以等待，但祈求无用。

早已取下来夹在指尖的香烟，不知道何时已经燃尽，一下子烫着了手，烫得路远一咧嘴，下意识地把它扔了出去。

"不会抽烟，就别学了，不是什么好事儿。"

　　小迟温顺地垂低了双眼，半晌吐出一个字来——

　　"嗯。"

　　"回去吧。"路远说。

　　他转过身去，不忍再看那少年一眼，他甚至能感觉到身后的仓皇与难过，但他想，就到这里吧。

　　他是个懦夫，从前是，现在也是。

　　他向前跨了一步，另一步还未跟上，已然感觉到身后一个渴望已久的触感，紧紧贴在了他的后背上，纤细的手臂从身后将他抱紧，带着一种孤注一掷的悲伤。

　　仿佛在梦中终于听清了少女念的那首诗时一样，他心中大恸，像是身体生生被人剖成两半一样，疼痛到无法呼出一口气来。

　　你终于，还是这样做了。

　　像我一直想做，却未敢做的那样。

　　小迟，小迟。

　　路远一动也不敢动，他紧紧地闭上眼睛，任凭心里惊雷闪电狂风暴雨抽打。

　　那一刻，小迟微弱而单薄的心跳，奇迹般地与他的心跳重合。

　　有什么东西，撕裂般地冲破了伤口，凶猛地钻了出来，从下往上游走于他的皮肤，让他的汗毛根根竖起。

　　一些缺失的记忆片断，就在此刻——呼啸而来，碎裂的拼图，一点一点拼凑成整块。

他想起来了。

他想起来了他曾经丢失的一切。

▶ 13 龙葵

| 我心匪石
| 不可转也
| 我心匪席
| 不可卷也

人不能两次踏入同一条河流。

也不能两次犯下同一个错误。

那么，能不能两次爱上同一个人？

暮色里，霞光如火猎猎燃烧，将凤凰树顶的花瓣染成娇艳色，风再吹过，花朵颤颤于树顶似要坠落，又莫名多了几分凄厉。

小迟安静地坐在墓碑前，他静静抬着头看着那树顶的花朵，已经看了一下午了。

他想：那霞光会不会烧到自己身上来呢？如果自己就此融化消失于这晚霞里，是不是也算圆满？

那夜的一个拥抱，算不算圆满？

可是，那个人，他终究没能说出那个匪夷所思的答案。

所以，魔咒无法解开。

小迟轻轻地、徐徐地呼出一口气，目光又温柔地移回到墓碑上。

墓是龙妈妈的，在龙葵走后第三年，龙妈妈突发心脏病离世。

此刻坟头的草，已经郁郁葱葱。

她没有等到她最爱的孩子归来。

纵然现在还在人间，她也应该认不出她最爱的孩子的模样吧。

多年前的那个夜晚，龙葵第一次在夜里偷偷离开了天使之家，前往和路远约好的地点。

她是那么紧张又羞怯，几乎要靠用力呼吸每一口气来为自己鼓劲，不允许自己临阵脱逃。

这是她用了无数个夜晚辗转难眠反复煎熬想出来的答案。

她要亲口告诉路远，她喜欢他。

如果他也喜欢她，那么，可不可以等一等她？等她完成昆叔叔的心愿，等她变得更优秀，等她回来找他。

而那时，无论他在哪里，她都一定会找到他。

那个晚上的龙葵，第一次穿上了碎花的裙，薄荷春色如同魔幻染料，在她的发间裙角攀爬，衬托出少女容颜的闪亮。

细细弯弯的月牙儿爬在墨蓝的天穹顶上，微笑着看着她匆匆而行，她乌黑的长发在肩头背后发出柔顺明媚的光，因为害怕，她不断地回头张望。

她相约的地点是相对偏僻的所在，因为怕被人撞见，也因为如此，又滋生出另一种危险。

她似乎听见身后有着轻微的脚步相随。

但是惊停下回头望，却又什么也不见。

她终于到了那个地点，站在昏黄的路灯下，她等的人还没有来。

她的手指一根一根搭在裙摆上，又无意间将一团小小的布抓在手心，用力拧紧，再松开。

这个紧张时的小动作，连她自己都未曾发觉。

她的心跳声大得令她感觉头晕目眩。

他会不会来？

他会不会猜到了我的心思而不来？

他会喜欢我吗？

他会觉得我的表白轻浮吗？

可是，没有时间了，她没有时间了。

三天以后，她就要随着昆叔叔登上远去异国的飞机。

这一去，山高路远，再归时，不知何年。

我心匪石，不可转也，我心匪席，不可卷也。

我的心不是圆圆的石头，它不会随意地被转动。

我的心不是薄薄的草席，它不可以被卷好隐瞒。

可是，心意不动，人便不会走散吗？

她必须勇敢一回，错过这次，便会终生遗憾。

纠缠如藤蔓的心事起起落落来来回回，不知不觉间路灯下的影子似乎被拉得更长，可是等的人，迟迟没有来。

迟迟没有来。

她的双脚像被钉在了地上，她不肯挪动，也挪不动它。

它有它的坚持与倔强，它不要走，它不要这么快结束这一场曾经温柔安慰过她多少个日子的美丽暗恋的幻想。

只是眼泪呀，为什么不争气地浮上来，再怎么用力忍，也开始慢慢打转。

就在龙葵慢慢把头低下去的一刻，一个身影突然从暗处走了出来，待她惊觉时，那人已经走到了她的面前。

龙葵吃惊地看着眼前高大帅气的少年，她知道这个人叫席泽。

对于少年的心事，她并非不懂，只是，不是对的人，便多挤出一秒去理解，也觉得时间不够。

席泽为她做的那些事，对她说的那些话，她只觉得心烦意乱，有时也被他的浪荡行径逼得脸红心跳、不知所措。

但她清楚地知道，所有的情绪里，没有一种，是开心或喜欢。

那和看见路远，是不一样的。

一分一毫，也不一样的。

所以，当她看到席泽突然出现的时候，她的脚突然好像得到了解放，又能动了。它们带着她，自动地后退几步——因为他站在她面前的距离，实在有点太近了。

"你在等路远？"

龙葵感觉到异样，席泽虽然经常出现在她周围，给她造成了困扰，但却从来没有一次，用这样阴沉而压抑的语调和她说话。

何况，她后退，他就逼近，空气里，传来一丝淡淡的酒气。

电光石火间，龙葵想到了之前一路跟在自己身后若隐若现的脚步声。

她的汗毛都立了起来，本能地惊叫一声，转身就跑。

却被席泽一把抓住了胳膊，力气大得令她差点一个趔趄跌倒。

"你跑什么？"席泽皱着眉。

少女细嫩的手臂握在手心，不安地挣扎分毫毕现，哦，她竟然还穿了裙子。

那大概，只能是为了路远吧。

为了路远，她可以放弃十几年来洗脑般的教条，偷偷地在夜里跑出孤儿院。

为了路远，她可以放弃纯洁清高的形象，站在这里像个可怜的弃儿一样等他垂怜。

为了路远，她可以穿上美丽的裙子，像任何一个普通的怀春少女一样，带着羞涩不安期待卑微的表情，等了一个十分钟，又一个十分钟。

仿佛那盏昏黄的路灯下，她可以等到天长地久。

为了路远。

可是，他席泽，到底哪里不如路远？！

她竟然连一个回答都吝于给予！

见到他就像见了鬼一样转身就逃！

席泽的手指越收越紧，龙葵的惊惧也越来越大。

她开始用尽全力挣扎起来，但到底面子薄，也不好意思呼喊，只是低声恨恨道："你放开我！放开我！"

席泽却较上了劲，非不放她。

一点酒精催化了他无往而不胜的骄傲，或许因为一直得不到，情场得意的少年，对这个身世孤苦的少女，有了一种分外珍贵的怜爱。

她可以不喜欢他。

但她不可以为了路远这样卑微！

如果路远不珍惜，那么，就让他来把她抱在怀里，像珍藏最心爱的宝贝。

而现在，他意识到自己吓着了她，却不知道该怎么收场。

"你……"

语调缓下来，才一个字，龙葵已经趁机挣脱了他的手，像受到了极大惊吓的兔子一样，飞快地跑开去。

她是学校里的短跑小健将，跑起来灵活又机敏，席泽只反应慢了半拍，竟然就没追上。

但他的倔劲也上来了，她跑，他就咬着牙追，绝不放弃。

龙葵不知道是怎么跑进那栋废楼的，她大概是依稀记得孤儿院的几个孩子曾经调皮跑进这里玩耍，最后她找到他们把他们带了回去，所以，这里于她并不陌生。

她下意识就躲了进去。

听到身后穷追不舍的脚步，她果断跑上了楼梯，一口气朝上跑去。

她一脚踩空，身体迅速下坠的时候，她想了什么呢？

后来的许多年里，她以不死不灭的形式，蜷缩在黑暗里，把这短短的一生前前后后所有细节都反复想了无数遍，但终究渐渐模糊了。

也许她在奔逃的时候，还在担心路远如果到了，在路灯下没有见到她，会不会失望？

所以她想索性再爬高一点，一来避开席泽，二来可以看到路远家过来的那条路和那盏路灯，以免错过了他？

还是席泽追上了她，拉扯中她失足？

所有渐渐忘却的，大概都是不再重要的事。

而记得的，只是那个心爱的少年，他灿烂如阳光的笑容，他看向她时，温柔明亮的双眼。

他走过街角的时候，空气里总是弥漫着温暖的气味，凤凰树开满了花，她的整颗心，都像变成了金子的颜色，明亮又温暖，刺目又慌张。

她的眼里，便只看得见那一个身影，仿佛是好运降临，那一整天，她都会获得无法言说的快乐。

她的手指在钢琴上激烈舞动，弹奏出连自己都吃惊的力度和手速，啊，那些美丽的时光，都是她最珍贵的宝贝，在年复一年的死寂里，让她的灵魂也变得温暖芬芳。

她有两个遗憾，一是不知道那个夜晚，路远究竟有没有来。二是自己没有来得及，和所有人好好说声再见。

　　"你果然在这里。"

　　清润如水的温柔声音，在身后响起。

　　小迟中断了回忆，猛地站起身来，因为动作太急，一阵头晕目眩，来不及转身，已被身后的人，轻轻扶住。

　　他把他的手握住，并没有放开的意思，他们一起站在龙妈妈的墓前。

　　不知情的人，远远看去，只会看到一个男人和一个少年，像两座俊美的石像，握着彼此的手并排而立。

　　小迟的手被路远握着，他忽然觉得疲惫而安心，他不想去想路远此举代表什么了，也不想去期待路远发现那个答案，他的时间已经不多了，很快就会彻底消失在这世间。

　　这一次，是真的不再回来。

　　那么，还有什么，比这一刻，他们心手相牵站在一起，更加重要？

　　"五年前，席泽来找我，我们约在片场的道具房见面。"路远眼睛看着墓碑上的字，轻声说，"他告诉我一件事，很多年以前，我喜欢的女孩龙葵，她到底是怎么死去的。"

　　小迟的身体几不可察的一颤。

　　"他说，那天晚上，龙葵一直在等我，她一直等一直等，我都没有来。后来，他无法忍耐而冲过去阻止她犯傻，没想到，龙葵却受到了惊吓开始躲他，在那个过程里，误入了废楼高处，失足跌下。"

　　"我知道，我一直知道，龙葵不会自杀的。她怎么会自杀呢？她的眼睛里有着那么多的期待，她还想好好长大帮她的龙妈妈打理天使之家，她还想实现每个她爱着的人的愿望，她还没来得及向她喜欢的那个浑蛋告白……她怎么会自杀？"

是啊，他懂她。

小迟想，路远是懂龙葵的。

虽然他们不曾在一起过，可是，他的灵魂，应该早就相爱了。

龙葵不会自杀，她爱着这个世界上一切美好的人和事，她还爱着他。

"席泽是怎么毁容的？"小迟问。

这并不是秘密，那件事情，毕竟早已国民皆知。

"火烧起来了，我跑掉了，门锁被扣上，他大声叫我帮忙开门，我说，你去死吧。"

路远轻轻笑了一声："这段经历，我昨天才彻底想起来。可是在那以前，席泽对媒体已经说过很多次了，只是，没有人相信他。"

"上天带走了龙葵，给了我和席泽，不同的惩罚。"

他深深地低头看向那柔弱文静的少年，少年的眼睛里，有泪光闪烁，像世界上最好看的花朵都落进了这双眼睛里，一如初见时一样。

"他一直以为，我是故意不去赴那场约会。"

"那么，路远，那天晚上，他去了吗？"小迟轻声问道。

他没有想到，在离开以前，他的两个遗憾，终有一个可得到解答。

"他去了。"路远深深地盯着小迟的眼睛，仿佛在说着郑重的誓言，"那天晚上，他当然去了，只是，因为他的愚蠢，他迟到了。小葵，她会原谅那个愚蠢的浑蛋吗？"

小迟的眼泪像泉水一样涌了出来，他的嘴角，却是温柔地笑着的。

他注意到路远的最后那个问题。

"我不知道啊……"他流着泪笑着轻声说。

"你知道的。"路远说，"我终于知道，为什么从见到你第一眼起，我就不再是我自己。因为，就算你换了长相，换了身份，甚至换了性别，可是，你仍然有着一双和龙葵一模一样的眼睛。"

他的眼泪也如泉水一样涌了出来。

滴在他们相握的手上，手背灼热滚烫。

"对不起，小葵。那天晚上，我迟到了。"

▶ 14 再见

|路远，再见

|小葵，再见

我们还会再见吗？

不会了吧。

我可以亲吻你吗？

嗯。

那么，永别了，小葵。

永别了，路远。

眼泪顺着光洁的面颊一串一串滑落下来，像天地间最残忍的刑罚，然而，他们的嘴角，却都是努力微笑着的。

我们曾经仓促分开，而我回来，只是为了和你好好告别。

然而，送你开始新的人生。

所以，我们要微笑，我们要祝福，我们要克制，我们要好好说声永别。

因为此去，再无相见。

在血色霞光消失在天际的最后时间，夜晚的第一颗星，终于也爬上了云层。

路远紧紧地抱着怀里的这个身体，却清楚地感觉到，那温暖的触感在渐渐化为虚无。

他知道，"他"要走了。

小葵要走了，这一次，是真的告别。

不知道是怎样的原因，也并不重要，死去的小葵，多少年不死不灭地坚持着，直到以小迟的身份样貌归来。

然而，小迟留在这世间的时间，只是短暂的一瞬。

就像多年前未曾来得及说出口的那场爱恋，多年后，他仍然无法抱紧怀里的那个人。

他闭上眼睛，感觉着风声，感觉着星光落在皮肤上，感觉着亲吻的温度还在唇边，感觉着多年前的阳光与风雨一并归来。

喜欢一个人，所以想要时刻看到她，想要拥抱她，想要她看向自己，想要永远和她的话题里不出现再见。

我的心如同一潭死水，或是一个荒弃的花园，已经很久很久，没有听见过鸟鸣。

我没有期待，也没有悔恨，我不知道戏里戏外的情绪，哪一种属于角色，哪一种属于我自己。

从龙葵消失在这个世界上的那一天起，我就不再认识自己。

午夜的苦涩梦境里，我总能听见十七岁的她在轻轻念诗，她说：我心匪石，不可转也，我心匪席，不可卷也。

她那么温柔，那么明亮，那么美。

而当年的我怎么会那么浑蛋，迟赴了她的第一场约会。

▶ 尾声

路远问：我死了吗？

他看看漂浮在天空中的自己，脚下，是熟悉的大地，还有人群。

他看见缓缓出行的灵车，还有安静躺在花丛里的自己，他的影迷们都在哭，哭得那么伤心，几乎大半个娱乐圈的人都来送他了，他看不清那些人里面，有没有席泽和昆以薇。

而他的身边，站着已经恢复了少女样貌的龙葵。

她一点也没有变，还是那么美丽温柔，他和她牵着手，并排站在一起。

龙葵说：原来多年前的大火里，你就已经死了，而不肯离开的，只是你的固执心愿。

路远说：那么现在，我的心愿实现了吗？

龙葵点点头，笑着拉起他的手。

我爱你。

我也爱你。

我的心意从未改变，也谢谢你，春华秋月，时光如刀，而你披风戴雨，一直等在原地。

总有那么一天吧，苍空会老去，会不再记得阿紫是谁。多希望有那么
一天啊，这样我们才能重新相遇。
可是如果那时候，我已经老得没有了牙齿，你还会喜欢我吗?

阿紫

她从来没有见过这样的穆苍空。

▶ *1*

那是紫藤花盛开的季节。

花架上铺天盖地的紫藤怒放，如汹涌妖艳的海，然而这样的美却不能减轻心里的痛。

穆苍空看到李沅紫第三次哭昏在灵堂上时，他的表情仍然如同千年冰山一般，没有丝毫融化的迹象。

他木然地看着保姆将阿紫抱走。

她那么瘦小的身体，像一个婴儿一样蜷缩着，苍白得没有一丝血色的脸上，眼泪成片成片地淌下来，仿佛不知道什么叫停止。

而他，从接到消息的那一刻起，就没有流过一滴眼泪。

即使那个死去的人，是他如父的长兄，他在这个世上唯一的亲人。

他慢慢地把脸转向灵堂上的那张照片。

照片里的人，剑眉星目，笑得好一派山河气象，然而，即使是像穆远山这样骄傲的人，仿佛从未想过死亡为何物的人，此刻不也照样轻易与他天人永隔？

人间恨无常。

嘴里有一丝丝甜腥的味道泛开，他一点一点，把它们全部咽下肚去。

从今天起，他，二十五岁的穆苍空，就是穆家产业的执掌人，他绝不会让哥哥的心血，在他的手里一败涂地。

而要做这样的人，就不能流泪，亦不能让别人看见他流血。

不知道在静默中伫立了多久，灵堂外又传来了熟悉的哭声，他的目光变得更冷，瞳孔的中央，甚至有了一点点尖锐的寒星。

"把她关到二楼房间里，没有我的同意，不要放她出来。"

他的声音不高，字字喑哑，但是闻者自然惊心。

很久以后，他会有一丝丝的心疼，想那个刚刚失去了母亲的女孩子，是怀着怎样绝望而痛苦的情绪，被关在那没有人陪伴的豪华小屋里。大概，再多的被褥和美丽丝带都不能温暖她的小手，整个世界都在朝她崩落。

原来他从一开始，就对她这样的狠、这样的坏。

▶ 2

　　他不喜欢李沉紫，源于他的哥哥穆远山的一段情事。

　　穆远山是一手创立了穆家商业王国的传奇，也是从小失去父母的穆苍空心中的天神。

　　然而，穆远山在事业顶峰时突然与结发妻子离婚，令他名声受损、事业受挫，也令穆苍空无法理解。

　　尤其不久后他才知道，穆远山此举，竟然是为了一个单亲母亲，美丽得有些妖娆刺目的李洛。

　　李洛第一次出现在穆家门口，她巧笑倩兮地一手挽着穆远山，一手牵着她的女儿阿紫，那样大方又自然地走进穆家花园，仿佛那早就已经是她的家。

　　看到一丛紫色的玫瑰开得正好，她轻轻地"噫"了一声，袅袅婷婷地走过去，伸手摘下一枝最艳的来。

　　穆苍空站在二楼的窗口前，他没有下楼，只是默默地看着李洛把那朵花别在自己浓密而卷曲的发边。

　　她回过头去嫣然而笑，而他那个平时不可一世的哥哥，就那样宠溺地搂了她，旁若无人地在她发间一吻。

　　穆苍空至此生出厌恶之情，以至于对那个似乎乖巧得有些过分的、站在一边的小小的紫衣少女，也多出几分轻视来。

　　他倒也不是对前任嫂子有多少感情，只是对着新欢的招摇本能不满。

何况男主角是他英明一世的哥哥。

他强烈地反对穆远山迎娶李洛，理由很简单，她甚至说不出李沉紫的父亲是谁。

这样一个水性杨花的女人，怎能嫁入穆家？

然而时至今日，他仍记得穆远山那沉沉的眉眼。

他说：苍空，你不懂。

无论他懂与不懂，李洛母女终是住进了穆家别墅，择日完婚。

而他只能任那女人清脆的笑声在他的耳边飘荡。

他修炼自己的定力，进进出出尽量无视。

还有那个叫阿紫的女孩，她怯怯地叫他叔叔，他心里作呕，表面亦是冷如寒冰，不屑搭理。

他想，是时候该搬出去住了。

那时，他已经大学毕业，一手油画已经在国内小有名气，离开哥哥独自生活亦是不难。

只是因为自小与哥哥相依为命、感情深笃，家中亦房舍宽大，过去并未曾想过分开。

然而，他还未及启程，世事便如风云变幻——穆远山竟在和李洛的一次周末自驾游中，车子失控跌落山崖。

他们双双死亡，离定好的婚期只差一个月。

时天堂，时地狱。

而穆远山居然能在生命的最后时刻打通弟弟的电话，留下两个遗愿。

一是请他接管穆氏企业，二是请他照顾阿紫。

▶ 3

在灵堂上，面对那哭昏过去的少女，他第一次正眼看她。

她有着酷似她母亲的精致眉眼，然而气质间，更显怯弱。肤色苍白如同冰雪，像失去了母兽的幼兽，除了哭泣，什么也不会做。

他在心里冷笑，仿佛心里有一个不断在扩大的黑黑的洞，森森冒着凉气，令他疼痛到麻木。

他不能原谅。

他怎能原谅？

如果不是她和她母亲的突然出现，穆远山应该不会死。

纵然生活千疮百孔，然而活着，便比什么都强。

他想要穆远山活着，哪怕活得不甘不愿，也好过泉下为鬼。

而穆远山若还活着，此刻，穆苍空该是背起了他心爱的画板，开始周游世界。

而不是从此改换行程，进入一个他完全陌生而不适的战场。

从此以后，他将修改人生规划，临时披甲上阵，变成另外一个人。

不敢称孤，不敢呼疼。

眼观穆远山这些年的沉浮，他自知商场是多么冷酷的世界，他从未想过从商，心性亦不在此，然而他清楚地知道，从此以后，守护哥哥留下的心血，成为他不可逃避的命运。

丧兄的悲痛，未知的惶恐，一些突如其来的真相像冷箭一样嗖嗖地将他扎穿。

所以，那时候，他无法顾及，年仅十五岁的阿紫的害怕与孤独。

▶ 4

一晃一年。

一年后的穆苍空，已经俨然是年轻时的穆远山。他笑容清冷、处事决断，简单字句之间，就能轻易改变很多人的命运。

他迅速在商界成名，令穆远山死后，对穆氏企业充满质疑和观望的目光，全都变成赞叹。

穆家子弟，果然精彩。

而他的精彩之中，并不包括那个叫李沉紫的女孩。

她依然生活在穆家的别墅里，但是遵他的命令，他在家的时间里，她绝不会出现在他的面前。

她像一个隐形而安静的娃娃，卑微地努力地游离在他的生活之外。

如果不是偶尔在茶几上看到她遗落的紫色发带，或是晚归时在花园中无意抬头看到二楼某间窗子在晚风中飘荡的紫色窗帘，他甚至会在忙到忘形的日子里，轻易忘记有这么个女孩的存在。

他原以为他和她的关系就会这样持续下去，直到她成人，然后离开。

但是她制造了一场意外。

那天，是穆远山的祭日。

穆苍空难得地停掉了所有工作，抽出一整日去墓地祭扫。

他并没有想到要带上她，但是，当他把车开出车库的时候，他突然看到了一个女孩子从花丛中疾跑过来的身影。

李沉紫有些不知所措地伸出一只细细手臂，突兀地拦住他的车，喘着气的样子有些狼狈。

她抱着一大束紫色的花，非常紧张地对他说："叔叔……我想和你一起去……我买了花……"

他却还沉浸在突然见到她的惊讶情绪中。

他不知道，一年的时间，竟然可以让一个青涩的女孩，成长成一朵娇美的初花。

时间如同魔法。

眼前的女孩，长发如瀑，裙摆微扬，小小的脸上一双眼睛亮若星辰，她望向哪里，哪里的空气便仿佛柔软起来，令人不忍大声。

她努力忍耐着自己的不安，满眼期待地看着他。

他却莫名地烦躁起来。

他不想见到她，从哥哥去世的那一天起。

他也不愿意承认，自己在逃避她，也逃避着一些噩梦一样的真相。

他突然推开车门，下车走到她的面前。

他比她高出不止一头，低头看她的时候，恰好闻见她发间的清香。

他嘴角轻扬，笑得冰凉。

"你想去哪儿？"他问。

她明显被他的表情吓住，想后退一步，又不甘心般低语："我……去
扫墓……"

他心里的冷笑声在扩大。

你为什么要扫墓？你什么都不知道，你活得这样天真，天真得这样理
所当然。

而死去的那些人，也不再纠结，只将秘密抛给了我。

唯一在负重前行的人，是我。

他指指她怀里的紫色玫瑰："花哪儿来的？"

她似乎有些意外，又有些讨好地把花递给他："是我自己的钱买的，
我去卖气球……"

她的话音未落，就已经见到眼前的清雅男子轻易将花夺过，五指一松，
花束跌落在地，而他，简单地踩上一脚。

她不可置信地睁大了眼睛，猛地后退一步，眼泪渐渐涌满眼眶。

穆苍空默默地坐在穆远山的墓前，他纤长的手指间燃着一根烟，袅袅
上升的烟雾令他年轻的脸生出几分苍桑和疲惫。

才不过短短一年的时间。

那个意气风发张扬稚气的青年画家，已经成了一个面目阴郁、城府深
藏的商人。

他终于可以对哥哥交代。

但他失去了什么，哥哥可曾明白？

他有些失神地看着穆远山含笑的照片，直到香烟燃到了手指，他才猛然惊觉地一哆嗦，眼泪竟在瞬间涌了出来。

这是穆远山走后，他第一次流泪。

他松开手指，令那燃着红色火点的烟跌落在地，然后他默默地抱住自己的膝头，像多年前还是个孩子时那样，安静地埋下头，感受着膝上一点点濡湿开的温热。

他有多久没有这样放松过了，像父母刚刚过世那几年，哥哥拼了命地在外打拼，经常深夜不归，小小的他就这样抱着膝头发着呆。

这样的姿势，他甚至可以安心地睡着。

不知道坐了多久，天空已经从一片碧蓝如洗变成了薄云密布，他的眼角间，依稀闪过一片紫色的衣角。

阿紫远远地站住，她被吓住了，她不知道该前进还是该后退。

她搭了两个小时的公交车，辗转来到了这片墓地，以为早就已经出发的穆苍空一定已经离开。

她已经没有多余的钱再买一束妈妈最爱的紫色玫瑰，只好牵了两只紫色的气球。

但她没有想到穆苍空竟然还在。

并不是祭扫的时节，公墓里的人极少，放眼望去，只有沉默的天和同样沉默的碑，灵魂在风声里轻轻吟唱，诉说着它们的喜悦与寂寞。

穆苍空如同孩子般抱着膝坐在那个墓前，远远地看去，只觉他黑色的身影如此萧索，仿佛他的周围，飘满了看不见的悲伤。

她从来没有见过这样的穆苍空。

从见到他第一面起，他的眼睛里，就满是鄙夷与不屑，如同一把把尖锐的碎玻璃，无情地扎进她的血肉。

从一开始，到现在，她都不知道该如何躲避。

她只能尽可能小心地对他微笑，尽可能地不让他看见自己。

她不知道自己做错了什么，也许她的存在就是错误，然而世界之大，她又能去向哪里？

他是她现在仅剩的天空，虽然阴晴不定，但胜在安稳庇护。

她不敢承认，自己是渐渐在依赖他的。

想和他说话，想向他靠近，想拉住他的衣角，想证明这个世界上，并不是只剩下她一个人。

这个特别的日子，她鼓足勇气对他开口，然而他还是用那样惨烈的方式把她甩开。

也许她还是应该继续躲起来。

这样想着的时候，阿紫就挪动着脚步，开始偷偷后退。

但是她突然听到了穆苍空的声音。

公墓那么安静，他的声音随着风飘过来，她以为听错了，再转头时，却发现他已经平静地抬起头看着她。

她无处可逃。

"过来。"他说。

"阿紫，你过来。"

▶ *5*

　　那是阿紫第一次和穆苍空坐得那么近，近得她仿佛可以听到他的心跳，有节奏的，缓慢的，厚重的，令人安心的。

　　他第一次没有吼她，也没有朝她冷笑，更没有厌恶地要她走开。

　　也许是因为他们面前沉睡着的人，恰是他们两个生命中最爱的亲人。

　　她的妈妈。

　　他的哥哥。

　　"我用了很多方式试图让他们抓在一起的手分开，但是都不行。最后，只好把他们一起烧了，合成这个墓。"

　　他的声音平平的，听不出刚才的悸动。

　　"我哥一向是唯我独尊的人，这下他如愿了。"

　　他的声音渐渐低不可闻。

　　阿紫却猛然颤抖起来。

　　这是她第一次听到穆苍空说起这些。

　　妈妈死了以后，所有人都看着穆苍空的脸色行事，刻意把她当成空气，没有人向她解释什么，没有人试图给她安慰，她甚至不知道他嘴里说的那些情形，以及为什么妈妈没有一个单独的墓。

　　是的，这是穆远山的墓，只有他的碑。

　　除了他们，没有人知道，这里面葬着的，是两个人。

　　他们的骨灰和灵魂。

她消瘦的肩如风中的落叶般颤抖，她伸手捂住自己的嘴角，怕发出的声音又引起穆苍空的呵斥。

那绕在她手指上的两只紫色气球却趁机飞上了天空，飘飘荡荡地奔向自由。

穆苍空默默地转头看着她。

年轻的少女拼命地咬着自己的手指，那些纤长洁白的手指，骨节因为极度用力而泛出青色来。

但是疼痛并没有能够阻止悲伤，她的眼泪仍然大颗大颗地涌出来，没有声音的掉落。

她别过脸去，看着那两只越飘越远的气球，刻意不让他看到她哭泣的脸。

他的心也随之一颤。

"哭什么。"

他的声音又冷了起来，他毫不留情地一把抓下她的手。

"对不起……"她知他又生气，只是声音断续哽咽地道歉。

为什么总是她在对自己道歉？

该对自己道歉的，是躺在他们面前再也不会悲伤的那两个人。

他们自私、冷漠、无情，制造了一切麻烦、一切秘密、一切痛苦与错误，然后再双双牵手而去，把乱麻一样辛苦的人生，留给了活着的人。

可是，活着的人，甚至不能去恨。

因为，那是他们最珍贵最重要的人。

他一直以为不幸的是自己，而现在他才终于发觉，身边有个人，和自己同命相怜。

他怔怔地看着那只抓在自己手掌里的少女的手。

上面的眼泪和牙印，都清楚可见。

她才十六岁。

十六岁的她，或者比二十六岁的自己更加孤单无助。

穆苍空突然不出声地轻轻将阿紫揽进自己的怀里，他的动作并不熟练，但是很快。

他用力地搂紧她，把自己的下巴抵在她瘦瘦的肩上，然后闭上眼睛。

一时间，她软软的身体仿佛填充了他心里自失去哥哥以来那不可言说的空虚与痛楚，那个一直在森森地冒着冷气仿佛永远都不会再消失的黑洞，奇迹般地得到了安慰。

他很辛苦，他很难过，他很愤怒。

他很……想念他的浑蛋哥哥。

怀里的女孩，如同一朵洁白的栀子花，瞬间安静。

他们谁都没有再说什么。

良久，阿紫偷偷地伸出自己的手，轻轻地回抱住穆苍空。

▶ 6

从墓地回来后，穆苍空和阿紫的关系似乎得到了明显改善。

穆苍空不再要求阿紫在家回避他，甚至有时候难得按时回家吃晚饭，也会叫上阿紫同桌。

他的话仍然不多，偶尔问起阿紫的成绩，她总是小心地回答。

她更加努力用功，虽然她的成绩已经很好，但是她仍然害怕有时拿到第二名时会对苍空说不出口。

她想，这样就已经很好，她不会再那么惶恐、那么无措，即使穆苍空不对她笑，她仍然知道世界上还有一个人在关心她。

她牢牢地记着他给她的那个拥抱。

自那个拥抱起，她终于确认这个世界上有人与她在一起相依为命。

周末的时候，她仍然去小城中心的摩天轮下面卖气球，那是她的妈妈在还没有遇到穆远山的时候，经济拮据，她想出的贴补家用的法子。

她从八岁起就在那座据说是亚洲最大的摩天轮下面卖气球。

而现在，这仅仅是一种习惯，那些紫色蓝色白色的气球会令她感到安心而快乐，仰着头看着蓝天下的摩天轮的时候，她会恍惚地觉得，一切都没有过改变。

她仍然是那个小小的只需要一点点空间就能活下去的女孩，而当她卖完气球回家时，家里也许会有一个人，在等她。

那天的气球卖得很快，她牵着最后一只气球，安静地坐在摩天轮下面的栏杆上。

早上出门的时候，她将周一要开家长会的通知单偷偷留在了餐桌上，她想，穆苍空会看见吗？

　　她从来不敢奢望他会去参加她的家长会，但是她想告诉他，她所有功课拿 A 只是希望他多一点开心。

　　她这样想的时候，同班同学高赫走了过来，他是一个阳光帅气的少年，从认识开始，他就一直默默地守在她的身边。

　　他从来没有掩饰过对她青涩而炽热的感情，自从无意间发现她每周末在这里卖气球，他就总是按时来陪她。

　　她微笑着把手里的最后一只气球递给高赫。

　　她的笑容干净而羞怯，带着友好的疏离。

　　但是在远处并不能看得清楚。

　　正准备打开车门的穆苍空蓦然停下了自己的动作。

　　他远远地看了一眼阿紫和那个少年说笑的身影，脸上没有任何表情变化。

　　他坐回座位，启动了车子。

　　他的右手边的座位上放着那份阿紫的家长会通知单。

　　▶ 7

　　那么多衣裙带香的人影在旋转，那么多客气而疏离的笑容在交换。

　　穆苍空努力地端起酒杯，朝着面前的一群人轻轻点一点头，仰头处将杯中的金黄液体一饮而尽。

他其实已经快要看不清眼前的人，但是他告诉自己必须坚持下去。

这是一笔大的生意，从上半年开始，公司的资金运营就开始出现问题，今天晚上的这笔业务将决定他的明天是不是有惊无险。

但是他没有想到对手这么老辣。

他的酒量并不差，从商以来，他从来都没有被逼到要把自己放倒的地步，然而今天似乎要成为例外。

他看着眼前逐渐扭曲的一张张脸，听着他们虚伪而客套的大笑声，突然有一种发自心底的疲惫。

真想就这样睡下去，不用再想着那么多员工的生存，也不用再想着对于穆氏企业的责任。

他今天的对手也似乎打定主意要看这位商界出了名的冷酷新贵出糗，订单早已决定，穆氏是最好的选择，然而，如同猫戏老鼠，反正成竹在胸，不如多玩一阵。

谁活得不比谁空虚？

所以，对方百般与他周旋却始终不愿敲定那定音一锤。

他的耐心快要磨尽。

终于熬过了凌晨，合同上盖上了最后一个章。

交易方略带失望的眼神里，掺杂着敬佩。

穆总，希望我们合作愉快。

谢谢。

他依然没有倒下，面上不动声色地走出酒店，忽一犹豫，终于抬腿坐进杨茵茵的车子的一瞬，身体瘫软如同经历千里长跑。

他低声报出一个地址。

然后他再也没有多说一句话，他紧皱的眉头和牢牢闭住的嘴唇眼睛，使他看上去如同倔强的小孩。

杨茵茵轻轻地发动了车。

这是第一次，他终于肯上她的车，允许她送他回家。

杨茵茵是另一家同行业领军集团杨氏的千金。与穆氏不同，杨氏是百年根基的大树，而杨茵茵的父亲早就想一举并购近年来风头正劲的穆氏，以免给自己的未来树敌。

然而，接触过程中，杨茵茵无法自控地爱上穆苍空。

只是他不爱她。

无论她如何放低姿态，展现卑微，他对她始终客气有余，心动不足。

她试过像小女生一样在他谈工作时开车等在酒店外，一等就是几小时，只为了和他说上几句话。

也试过像一个成熟女性一样和他谈判，告诉他只要和自己结婚，穆氏现在面临的所有困难都会是微不足道的尘埃。

他始终只是冷眼旁观，没有给过她任何回应。

而今晚，一切是不是会有所不同？

▶ 8

杨茵茵把穆苍空扶进屋的时候，她快速打量了一下穆家别墅的环境，低调、轻奢、品位不俗。

就像她怀里的高大男人。

是一个上佳归宿。

前来应门的保姆显然没有见过穆苍空醉成这个样子，一时间手足无措。

杨茵茵微笑。

也许，穆苍空在所有人面前，都是冷峻平静滴水不漏的。

而今晚对她，他显然敞开了一扇门。

她到底是商界名女，自然知道机会难得，她示意保姆带路，将他扶进他的房间。

面对几乎完全抱在一起的两个人，保姆再无怀疑，手忙脚乱地打开穆苍空的卧房，待两人跌跌撞撞地进入后，又很懂事地把房门关好。

杨茵茵几乎要笑出声来。

一切顺水推舟，而明天，故事将会不同。

她信爱情可以交易，也信痴心守得云开。

半年追求，她终于可以这样近地看着他的脸。

穆苍空似乎已经熟睡，平日里的冰冷都已经消失不见，长长的睫毛下有些苍白的脸，连紧抿的唇角也变得柔和。

她从未爱过一个人，一切皆因太容易得到，所以从未珍惜。

只有穆苍空，这骄傲如星的男子，是她一生中最大的挑战。

而此刻，他终于对她不再设防。

她慢慢地把自己的手指压在他的嘴唇上，如蜻蜓温柔掠过水面，然后一点一点，俯下自己的身。

"叔叔！叔叔！叔叔！"

一阵猛烈的敲门声，伴着一个有些尖锐的女孩的声音，刺耳地响起，那声音是如此巨大，仿佛有着不达目的不停止的决心。

杨茵茵本想无视，但到底还是按捺不住，有些气恼地一把拉开门。

她怔了一怔。

站在门前敲门的女孩像一阵风一样不顾一切地把她推开，径直跑到躺在床上的穆苍空身边，她还穿着淡紫色的小花睡裙，长长的头发披散下来，映着没有穿鞋的洁白脚踝。

像花园里跑出来夜游的小小妖精。

"叔叔！"她又唤穆苍空，伸手用力地摇他。

见他没有反应，阿紫紧张地回过身来，站在穆苍空和一脸怒色的杨茵茵中间，像一只可笑的小母鸡一样张开翅膀。

"不许你碰我叔叔！"她的声音都在发抖。

"你说什么？你……"杨茵茵也是骄傲过顶的大小姐，哪里受得这种气，"我是他女朋友！"

阿紫的身体不易察觉地缩了一缩，但她仍然挺直了背，大声地说："我叔叔没有女朋友！"

杨茵茵突然从门口躲闪的保姆的表情里想到了什么，她冷笑起来："你就是那个传说中赖在穆家的……小野种吧。"

最后那个词她说得很轻，但是房间里的每个人都刚好能够听清楚。

阿紫腿一软，她不敢相信这样恶毒的句子会从一个体面漂亮的小姐嘴里说出来。

她自然知道穆苍空是成熟的男人，他有他的私生活，也有他的感情需求，然而她绝不相信他会在外面喝得烂醉，还在醉后带一个陌生女人回家过夜。

他从来都不是那样的人。

她要他清醒以后再做清醒的选择，她怕他后悔。

可是原来保护一个人，会受到这样的侮辱。

她拼命睁大眼睛，不愿让自己的眼泪在杨茵茵的面前掉下来。

对，她是连自己身份都说不清的小野种，可是，就算如此，她也想要保护那个会拥抱她的穆苍空。

下一刻，她突然感觉到杨茵茵的脸色微变，而她的肩上，却搭上了一只熟悉的大手。

她蓦然回身，看到穆苍空缓缓地半支起身子，他的衣衫有些凌乱，胸口露出一线肌肤色的风光，显得迷惑而动情，但是他的眼神，分明在恢复清亮和冷峻。

"水。"他的声音喑哑，字句简单。

善于察言观色的保姆冲出去又冲进来，把水放在他的手里。

他平日就只喝凉水。

穆苍空有些疲惫地低了低头，他的一只手搭在阿紫的肩上，另一只手端着那个透明的玻璃杯，怔怔地看着，忽然一扬手，将整杯水淋向了自己的头。

那正是一年中最寒冷的季节，阿紫惊叫出声。

他的头发上还在往下滴着水，这使他抬起来的脸看上去更加狼狈不堪。

但他看着杨茵茵的眼神，却是冰一样的尖锐。

"阿紫，你说得对，叔叔……没有女朋友。"他的声音清楚了很多，但依然缓慢。

他对阿紫说话的时候，一直看着杨茵茵，目光没有稍离。

"滚。"

他又说。

那个寒冷的夜晚，杨茵茵飙车疯冲出去之后，阿紫一直在忙着照顾穆苍空。

他发起了高烧，但是神志并不糊涂。

她一次一次地给他换毛巾，笨拙地用酒精擦拭他的手心。

她注意到他掌心的纹路很深，而他的爱情线很长很长。

每一次碰到他的手心，她小小的心就会紧张地抽搐一下，她不敢抬头看他的眼睛，却觉得莫名的欢喜。

他没有赶她走，却赶走了那个女人，她是这样的欢喜。

半夜的时候，她终于扛不住疲惫，趴在他的床边睡着了。他费力地把她抱到床上，盖上自己的被子。

他对她笑了一笑。

他看着她熟睡的小脸轻声说："阿紫，其实我没有你想象中那么好，今天，我本来是想将错就错放弃算了。"

他慢慢地抚摸她的长发。

"阿紫，等你长大后才会知道，人生有那么多辛苦，还有那么多让你放弃的诱惑。"

"可是有了你，我还得继续做骄傲的穆苍空。"

▶ 9

五年后，飞机上。

阿紫安静地坐在靠窗的位子上，她的身边是一个金发的青年，长相酷似红得发紫的某位好莱坞巨星，经常有空姐走过来对他主动微笑。

但他却总是侧着头看着阿紫，只要她微微一动，他就会轻声问她有什么需求。

他的中文说得非常流利，他还有个自取的中文名叫向恒，这语言是他五年前在大学里认识阿紫以后开始学的，现在已有小成。

他是那么迷恋这个来自东方的女孩子，她就像中国的瓷娃娃一样精致小巧、美丽易碎，也令他不知所措、心生迷乱的欢喜。

179

五年时间，她从来没有回过国，也没有人从中国来看她。

她总是一个人沉默地走在校园里，遇到熟人的时候，就甜美地安静地微笑。

每个人都很喜欢她，但她却没有特别要好的朋友。

她每个星期都去寄一次信，她从来不用快递。她总是走很远的路，穿过几条大街，慢慢地走，一直走到那个古老的邮筒前，用小小的手轻轻地把一个淡紫色的信封塞进邮筒里。

然后默默地低头，好像在祈祷什么，片刻以后，她再开始慢慢往回走。

在这个过程里，她的脸上始终带着甜蜜而忧伤的笑容，她谁也看不见，当然也看不见一直尾随着她的他。

他就在这样的过程里，深深地爱上了她。

不是没有过热烈表白，但她惊慌的表情、拼命摇头的样子、夺眶而出的眼泪，都令他心生不忍。

他只能隔着距离注视着她，陪伴着她，好在时间一久，她也渐渐把他当成朋友。

就像这次，她毕业后第一次回中国，他硬要跟了来，借口旅游。她也稍许无奈地接受与他同行。

他当然有私心，他自小优秀，桃花不断，所以他不明白他败在哪里，他想知道在那个古老的国度，有什么在牵挂着这个看似柔弱的女孩。

令她如此沉默而坚持。

走出机场，初夏的风扑面而来，带着轻微的花香，还有这个城市特有的温润雾气。

向恒体贴地想帮阿紫拉行李箱，阿紫的脸微微地红了一下，却执意不肯放手。

他注意到她挣扎的力度特别大，他有些微微惊讶。

就在这时，在这熙熙攘攘的小世界里，在万千人海的声浪中，他和她同时听到了一个男人清越的声音：阿紫。

一辆黑色的奔驰边，穿着深灰色西装的男人安静地站立着，他英俊的眉眼是那样波澜不惊，然而嘴角边却是自然的笑意。

很多路过的女性，都在他的笑容里不知不觉地放慢了脚步，但是只有阿紫才知道，五年前，这个男人，是从来不笑的。

穆苍空，他已经不再是当年痛失兄长后强作面目坚强的年轻画家，他学会了在迷人的笑容里杀人于无形，他的心，或许已经比他当年冷漠的表情更加生硬。

他的笑容，给人的分明不是温暖感觉，而是致命的疏离。

向恒一时间分不清那个男人是真是幻，他一瞬间震住了。

他看着阿紫像个小疯子一样扑过去，她几乎是用整个身体飞了起来，她越过重重人群，无视所有目光的存在，她长发飞扬，笑容甜蜜，飞进了穆苍空的怀里。

向恒在那一刻就已经明白全部真相。

那些沉默，那些紫色的信封，那些一个人的路，那些忧伤而恍惚的笑容。

她的一切，都属于眼前那个男人。

而他，甚至算不上路人。

他是悄悄离开机场的，仿佛一件事情终于尘埃落定。

他之后倒是真的开始了在中国的旅游，而自那以后的许多年，他会经常想起那个喜欢穿紫色衣裙的女孩，并在心里默默地祝她幸福。

阿紫是在快到家时才突然想起向恒不见了的，但她稍许不安了一下后，就立刻把注意力又转回了穆苍空身上。

她自知已经从青涩的花蕾，成长为了怒放的水仙，而年少时心底的那一点小悸动，已经在漫长的岁月里清楚地成长为了一种确认与坚持。

五年前，他毅然送她出国深造，在机场，她哭得上气不接下气地抓着他的手。

他要在她五年内不许回国，不许给他打电话，只能寄信，但他也不保证会回。

他给她足够的金钱，让她可以过得像公主一样，他甚至给她请了专职保姆，他只是不再让她靠近自己。

她不知道，那几年，是穆氏企业生死存亡的关键时刻，而自那晚杨茵茵事件之后，他就想到了要把她置身于漩涡之外。

还有另外一个原因，他不会说，也不能说。

她用五年的时间绽放她的灿烂，而他则终于冲破阳光，成长成一棵刀剑不入的大树。

穆氏企业穆苍空，商界年轻的传奇。

他英俊含笑的眉眼、颀长挺拔的身影，长期占据着每一份商报和娱乐报纸的版面。

只是他不知道，这些年来，那个身在异国的女孩，会用尽办法，将所有过期的报纸收集，小心地剪下来，贴成几本厚厚的书册。

她的手指抚过他的眉毛、他的眼睛、他的嘴角、他的手指。

每一个想要哭泣的夜晚里，她就这样抱着那仅存的一点温暖入睡。

她终于等到他允许她回来的这一天。

终于可以不顾一切地抱住他，恨不得再也不放手。

▶ *10*

穆苍空和阿紫并肩坐着，洁白的墓碑前，放着一束紫色玫瑰。

上一次他们一起来扫墓还是多年前，那一次，穆苍空残忍地踩碎了阿紫的玫瑰，却让阿紫看到了他脆弱的眼泪。

穆苍空默默地看着穆远山的墓碑，他的嘴角一直带着若有若无的微笑。

是的，他终于不再怨恨，也不再失落，他平静地接受了命运所有的安排，他想，穆远山大概也很放心。

他想起自己五年前的幼稚举动，他把失去兄长的所有怒气都迁怒于眼前的女孩，但她却回报于他柔软的心。

成熟如他，一眼看穿她的心，就如同看一块清澈的水晶。

那些从异国寄来的紫色信纸，慢慢地填满了书房的一个抽屉，又一个抽屉，带着她特有的清新香气。

但他只有春节的时候，会寄给她一张卡片。

他想，她会一天天长大，一天天放弃。

但她还是回来了，从他扑进她怀里的那一刻起，他就知道，她这一次不会再轻易被他劝离。

这一年，他三十一岁，阿紫二十一岁。

二十一岁的女孩，有着一生中最悲壮的飞蛾扑火的勇气。

它可以把一切焚烧殆尽。

阿紫轻轻地摇动穆苍空的手臂，她说，我们去放气球吧？

她早上就求着穆苍空带她去买了二十一只紫色的气球，他们用自行车把它们拉到公墓来。

穆苍空站起身来，被她牵着手顺从地拉着走。

他微笑着看着她，始终不发一言，看着她像个孩子一样，一只只地解开那些气球。

每放飞一只，她就会轻声欢呼起来，不多时，天空里就飘起了一群紫色的气球，它们像调皮的精灵般结伴而飞，天空和气球的下面，是仰望着幸福的女孩阿紫。

她轻轻地说："我把以前二十一年的孤单和眼泪都放走了……接下去的时间，我交给你好不好？"

她不叫他叔叔，也不看他，她的声音干净而羞怯，却聚集了整整五年的勇气。

　　五年前，她在飞机上哭得肝肠寸断，她始知她爱上这个男子。

　　第一次在花园里见到她时用不屑而高傲的眼神看着她的他；

　　母亲过世时把她独自关在房间里，却定时要保姆强行给她喂饭的他；

　　踩碎了她想送给母亲的玫瑰，却坐在母亲的墓地前偷偷哭泣的他；

　　把冰冷的水淋在自己的头上让自己清醒的他；

　　高烧时把她抱到自己床上睡，自己在一旁守护整夜的他；

　　怕杨茵茵报复她，每天放学后亲自到学校门口接她的他；

　　从来不笑却会在独自沉默时流露出孩子一样柔软眼神的他；

　　在穆氏企业遭遇最大困难时，执意要送她出国留学的他。

　　她什么都知道，正如她知道她爱上他。

　　而今，她只想要他也知道，五年的时间，不足以让她放弃这份爱，她的坚持，长达一生。

　　穆苍空的双手插在口袋里，他也仰头看着天空，那些紫色的气球，已经成了一个个小点。

　　阿紫转过身看着他的侧脸，她等着他的回答。

　　她再不肯后退。

　　穆苍空说："阿紫，不要交给我，我要不起。"

　　他慢慢地从口袋里抽出双手，同时低下头来，按住了她的肩。

　　阿紫清楚地看到笑容一点点在他的唇边隐去，他终于又变成了五年前的穆苍空，他的悲伤，全部盛在他的眼睛里，它们其实从未稍离。

他说："你没有看到今天早上的《×市商报》吧，今天的头条是，远穆集团穆苍空和东方食品韦淑媛婚期已定，强强联手传闻尘埃落定。"

他的语速异乎寻常地慢，似乎只有这样慢，才能把每一个字，都说得清清楚楚。

谁也无法逃避。

阿紫猛地一颤，她不可置信地睁大了眼睛，她想挣脱他的手后退，但是他的大力却令她无法逃离。

他纤长而冰凉的手指，一点点抚过她脸上的眼泪。

"对不起，阿紫。"他轻轻地说，"你在信里一次次问我，等你回来，可不可以不叫我叔叔，叫我穆苍空……我现在终于还是要回答你。"

阿紫透过自己模糊的泪水，恍惚间看到穆苍空的眼里，似乎有清亮的水雾一点点升起。

"阿紫，不可以。"

"我们不可以。"

▶ *11*

C镇，美丽的田园小镇，交通不便信息闭塞，近年来因旅游业发展，而渐有人气。

李沅紫就住在这里。

　　她开设了一个小小的画室，专门教镇上的孩子画画，或许是人杰地灵的原因，这里的孩子在画画方面的天赋极强，常常令她惊喜不已。

　　她给他们提供所有的绘画材料，仅收取他们自己午餐的费用，只为了开启那一双双清亮的向往着艺术世界的眼睛。

　　她到底拒绝了那间美国著名画室的邀请，开始漫无目的地在中国的各个小镇村落间旅行，有时候也会在Ｃ镇这样的地方暂时停留，做一些教学工作。

　　她的日子过得闲适而安静，会画一手好油画的美丽的女孩，在哪里都会是焦点，然而没有人知道她的故事。

　　每走到一处，她就会用一张紫色的信纸写上几句话，然后小心地封好，投递进当地的邮筒里。

　　收信的人总是叫穆苍空。

　　那天，她刚刚打开自己小屋的门，邻居家在她这学画的五岁孩子，就捧来一包油饼，说是妈妈感谢李老师，特意烙给她的。

　　她笑着接过说谢谢。

　　然而转头间，那张被油渍浸污的过期报纸上，一张模糊的照片却令她如遭雷击。

　　她不敢相信般用力抹着自己的眼睛，但那眼泪却瞬间汹涌似溪水，仿佛不能停歇。

　　送油饼的孩子吓坏了，她哭着跑回去叫妈妈。

　　阿紫已经浑然不知外面的世界，她的眼里，只剩下那张印在报纸上的照片。

照片里的男人，微笑着看着她。

他的笑容，在她的眼里，是那么那么悲伤。

隐忍的不可言说的伤。

而他身边的新娘，那个叫韦淑媛的女孩，有着一张和阿紫有着七分酷似的脸。

那一天，在穆远山和李洛的墓地里，穆苍空告诉了她一件事情。

在穆远山和李洛驾的车跌落山崖的时候，他们俩并没有立即死亡，他们被瞬间弹出了车外，穆远山抓住了李洛的手，而李洛的另一只手，却抓住了悬崖边的一棵树。

如果李洛放开穆远山，或许还能独自爬上山崖，回到地面，但是瘦弱的她抓着一个大男人，能够坚持已是奇迹，身体也再不可能动弹分毫。

没有人知道他们有没有争吵，有没有犹豫，然而，当穆远山打通穆苍空电话的时候，分明已经是他们生命的最后时刻。

穆远山在电话里说，其实，李沉紫是他的亲生女儿，十五年前，他为了事业选择了商业联姻，抛弃了李洛母女，而十五年后，他终于鼓起勇气将她们找回。

生命的最后时刻，李洛也不愿放开他的手独自逃生，他终于知道自己有多错。

他只求苍空照顾好阿紫，因为他是她的亲叔叔。

他们的血液里，同样流着穆家的血。

她应该叫穆沉紫。

那一天，穆苍空对阿紫说，所以，你永远也不能叫我的名字。

在我每一次为你的眼泪心软时；

在我每一次为你的微笑心动时；

在我每一分每一秒对你的思念与爱意里，我都知道，那不可以。

今生今世，都不可以。

▶ *12*

阿紫在小小的黑板上画气球。

她画了一只，又画了一只。

然后她仔细地用紫色的粉笔填色。

她想，无论她在做什么，无论她和谁在一起，她和穆苍空，都在一天天老去。

那么，她就这样远远地看着他，等着那一天的到来吧。

等到那一天，他已经白发苍苍，而她也已经变成了老太婆。

然后她走到他的面前、他不再记得那个悲伤的故事时……

也许，只有那时候，穆苍空，才可以真正笑着面对阿紫吧。

到那时候，她终于可以不再叫他叔叔，他也不再记得她是谁。

"多希望有那么一天啊，这样我们才能重新相遇吧。可是如果那时候，我已经老得没有了牙齿，你还会喜欢我吗？"

千里之外，穆苍空坐在巨大的书桌前，他怔怔地看着抽屉里满满的紫色信纸，他的手，轻轻按着自己的心脏。

阿紫。

他轻轻地唤出这个名字，感受着自己破碎般的心痛。

仿佛看到多年前，那个紧张而羞怯的女孩，穿着紫色的裙子，站在他家的花园里，朝他微笑。

那一瞬间，故事开始，结局已定。

故事创作时十几年前，原名《总有一天苍空会忘记阿紫吧》

所以，我要你用余生补偿我，此去护我，
天天快乐，岁岁平安。

余生安

晚风不许鉴清漪。

▶ *1*

晚风不许鉴清漪。

他轻轻念了一句，声音温浅，不急不徐，眉眼弯弯。

连晚风面上腾腾发热。

这个人，怎么这么有趣，怎么这么好看？

自己的名字从他的唇齿间滑过，空气间就像燃起了一串小小的魔法，眼前仿佛有鲜艳细碎的小花朵飞舞起来，美得心都颤抖雀跃。

在晚风需要遇见一个最美好的少年的年纪里，她正好就遇见了余柏枝。

聪明温柔的天才少年，有着世间最干净的容颜。

她曾经以为那是她一生无数个幸运星中最大的那颗。

于是她立志把自己变成一个最美丽的玻璃罐，妥善地把他收藏。

毕竟那时，她还是对世事怀着最美好最嚣张的幻想的，被爸爸捧在手心里的傻白甜。

余柏枝就是爸爸带到了她的面前的。

爸爸是个生意人，很早开始奋斗，有着那一代成功者特有的吃苦精神，也曾经一度带给了天真的妻女优渥快乐的生活。

然而，世界如滚滚洪流向前，并不是靠得勤奋就有收获，见到余柏枝时，骄傲的晚风并不知道，爸爸的生意在那时，已经惨淡得举步维艰。

余柏枝的爸爸余伯伯，曾经和晚风的爸爸是大学挚友，毕业后两人一个投商，一个研学，一个在国内，一个在海外。

而多年后，经历了各自中年失意的两个人，又如命运握手般惺惺相惜地走到一起。

他们喝完整箱的酒，立下豪言要联手重筑河山。

而早就偷偷溜到了门外花园里的那对初次见面的少年男女，各自心中却是另一番风景秀丽。

晚风围着余柏枝打转转，像一只热烈的小鸟。

哎，别人都往外考，你居然这时候回来，只有一年就高考了，你跟得上咱们这种地狱节奏吗？

比同龄少年沉静得多的余柏枝只是微笑，不急不恼。

应该，跟得上的。

你是不是……在国外失恋啦？所以才要远离伤心地？

少女的小心机无须遮掩，因为易被看穿反而显得玲珑可爱。

余柏枝摇一摇头，伸手轻轻一拂，赶走了头顶正上方柚子树枝头上蹲着的一只意图不轨的黄色鸟雀。

不是。我妈今年过世了，我爸才决定带我回国。

看着晚风蓦然瞪大的眼睛和充满强烈同情自责的表情，想到她脑内小剧场大概已经同步开启狗血大剧，余柏枝无声地抽了一口气，觉得自己需要补充说明。

其实，我妈从我五岁起就没有和我们住了，我对她印象并不深，也没什么感情。她出现在我生活里的次数并不多，大概总是毒瘾发作来找我爸要钱。但我爸还是一直不死心，直到死亡结束了这一切。

好吧，自己可能又错了。

好像补充说明后，对面的少女内心戏更足了。

像是不知道该说些什么，却又拼命想要说些什么，她的脸涨红着，一用力，竟滚下两串眼泪来。

自小习惯了面不改色风雨无惊的少年难得地手足无措起来。

这个故事，真的有那么悲伤狗血吗？

也许有吧，但自小身陷其中，真的觉得不过是经历的一部分常态罢了。

余柏枝，以后，我会保护你的！

被少年悲惨的身世击中灵魂的少女，狠狠抹了一把脸上的泪，一瞬间已将他此后的命运与自己野蛮相连。

余柏枝不知道该怎样接话，他眨了眨眼睛，最后决定闭口不言。

余柏枝，你不恨你妈吗？

不。

像是对这样的问题有些意外，余柏枝看了看晚风的表情，却发现她正紧盯着自己握着琉璃杯的手。

她的目光里像是装下了整个夏天的阳光，柔软的头发在干净的脸颊和晶莹的耳垂边飘荡，或许是身体靠得太近，鼻尖隐隐传来木栀子般的清香。

他不是没有遇见过各种热情的少女，然而，于晚风，就像她的名字一样，混合着一种直白与羞涩、热烈又天真的矛盾气质。

很可爱，很珍贵。

余柏枝突然感到了自己原本平稳的心跳在加快，越来越快，越来越重。

而他握着杯子的手也像是被温热的风拂过一样，在晚风的目光紧盯下，产生了异样的麻痒，要用力控制，才能掩饰不安。

喜欢一个人，大概就是要确认她对你而言，是世界上独一无二的？

他想，他读懂了她的特别，不管这在旁人看来，是多么荒唐。

故事的核心往往发生在一瞬间。

你不要觉得它太快，其实它顺理成章。

而晚风在想的却是，这个人的手，怎么也这么好看呀？

听说他画画拿过大奖，难道画画会让人的手变得好看？

她也弹了十多年钢琴呢，怎么手指也没有变美变长一点？

她真的，好喜欢这个人啊。

每一点，每一点。

为了掩饰她的小心思，她慌慌张张地扬起笑脸，快速地接起了上一个话题。

要是我恨一个人呀，我就偷偷在给他喝的牛奶里洒上毒药，毒死他！

你看，就是这样！

她把刚刚采下的一把小小的薄荷叶，尽数洒在了余柏枝的玻璃水杯里，笑得花枝乱颤。

小小的美丽的椭圆叶片浮在透明清澈的水里，轻轻晃荡。

▶ 2

晚风，你爸爸死得好惨，那个余则，我听人说了，在国外就是个混不下去的瘪三，他突然回国找你爸一起开工厂，就是打定主意要谋害我们家的呀。

曾经每天下午都要挎着新款的优雅小包出门打牌喝茶的美丽妈妈，头发蓬乱地呆坐在沙发上，再一遍地重复着那些听来的碎语。

妈，你喝点牛奶，睡一下。

晚风的台词，其实也是重复的。

晚风，你爸太老实了，他老实了一辈子，赚了多少钱都是辛苦钱，不知道那个余则使了什么手段，竟把咱家的钱全部弄去了。都怪妈妈没有和你爸一起去打理生意，结果什么都不懂，现在只能任人鱼肉……

妈，别想了，睡一下好吗？乖。

拿来电吹风，就着妈妈的姿势，帮她吹干了洗过的头发，然后给她换上了柔软的睡衣，扶她去卧室睡下。

闭上了眼睛的妈妈，嘴里仍然在喃喃地念着。

晚风，要你给爸报仇，那些钱，都是我们家的……

晚风关上顶灯，留一盏小夜灯，轻轻带上妈妈的房门。

那些似醒非醒似疯非疯的呓语被关进门里的一瞬间，眼泪就像开闸的洪水，汹涌地打湿了面庞。

六米挑高垂坠着巨大水晶灯的客厅没有了，种满她喜爱的花草还放着一架木秋千的花园没有了，她自小熟悉的各种家具各种摆设没有了，平日里热情来往把妈妈和她都赞上天的宾客没有了。

最最重要的是，她那个自小舍不得让她吃一点苦的爸爸，也没有了。

爸爸出事的消息，是在半年前的夏日黄昏传来的。

连家和余家合伙做生意的工厂仓库起火，引发爆炸。正在仓库里忙碌的晚风爸爸当场身亡。

自那天起发生的一切，都像一场噩梦。

妈妈被噩梦捉了进去，似乎无法醒来，而她孤独地惶恐地发着呆。

火灾和爆炸被警察证明是场意外，据说为了节省创业资金，爸爸执意把仓库租在了一片三不管的郊外，没有购买任何保险，因此出事后，一切损失都要自担。

　　工厂很快被上门讨债的供货商封堵，不久后，连家和余家的剩余财产都被拍卖。

　　晚风和妈妈被迫搬到了学校附近一间小小的公寓里。

　　而她，已经很久没有见过余柏枝。

　　他和他爸爸，在出事后不久，就消失在了人海。

　　那个在花园里微笑着把她的名字嵌入诗里的少年。

　　那个转学半年迅速成为了学霸校草的少年。

　　那个画得一手惊艳水彩的少年。

　　那个对她说过一个让她流泪的悲惨故事的少年。

　　那个让她懂得喜欢的时候心脏也会开出花朵的少年。

　　就这样不打招呼地，离开了她的视线。

　　只留下一地阴谋与罪恶，假意与虚情，算计与愚蠢那样一刀一刀往苦主心里扎刀生血的八卦与传言。

　　妈妈信了，所以，妈妈把自己逼成了半疯傻的样子。

　　而她呢？

　　她该信什么？

　　她去找魏楠。

　　魏楠的爸爸是警界的高层，而他曾经在她的课桌上公然砸下了一大束据说来自厄瓜多尔的顶级玫瑰花。

　　当然，那个时候，晚风的眼里，只有余柏枝。

　　所以那束花，被她恶作剧地加了张卡片，以全班同学的名义，送给了班主任，感谢她的辛苦付出。

把个头发花白的班主任感动得不行。

现在想起那时的调皮与嚣张，仿佛只有苦笑的喟叹。

不过是几个月的时间，她的人生就换了天地。

魏楠一只脚支地，一只脚还跨在他的重型机车上，没有下来的意思。

他熟练地耸了耸肩，脸上是惯常的玩世不恭的笑意。

我能告诉你什么呢？连晚风。

他想了想，似乎想要去理解她的来意。

你爸那个案子，再简单不过了啊，早已经结案，不可能有什么内情的。

那个破工厂本来就经营不善运转困难，是个烫手的山芋，你爸说白了连个安稳的打工者都已经不如，也就你和你妈这种天真妇人还以为自己家大业大，你爸还是当年的霸道总裁。

对了，我倒真有个新鲜消息可以告诉你。

据说余家还工厂的欠债时借了高利贷，余家父子现在躲在外面不敢露脸。说起来他们还算仗义，没推给你和你妈，不然你以为你还能在学校安心读书准备考试？

这个世界要活得好看，可不是那么容易的，你懂吗？

你不懂啊？我估计也是。

哪，你以后也别来找我了，我这个人啊，不是怕事，就是懒得惹事。人生苦短，逍遥自在最重要，你也想开点。

啊，我走了啊，拜拜。

晚风一个人走在回家的小路上，这一片的路灯，不知道什么时候，坏掉了几盏。

剩下的那些都兀自坚守着，发出暖黄的光。

于是她的身影，一会儿隐入黑暗，一会儿又出现在微弱的光明里。

从前，她若上晚自习，爸爸一定会亲自接送她，后来，余柏枝和她同校后，这个护送她的任务，就被余柏枝接手。

爸爸一定是非常信任余则的吧，所以，也是那么喜爱余柏枝。

而现在，这么深的夜晚，她穿着薄薄的毛衫，走在这仿佛随时会蹿出罪恶的孤独路上，她的周围，却再也没有那两个能让她安心的身影了。

爸爸在天上看着她吗？

而余柏枝，他与她之间唯一剩下的联系，大概就是她此刻插在口袋里的手心中，紧握着的那张银行卡。

每个月的十五号，会有一笔虽然不多但足够她和妈妈维持生活的钱，出现在这张卡里。

只可能是他和他的爸爸打来的。

晚风边走边无声地流着眼泪。

她想，余柏枝，再给我一点点消息吧。

我想要你亲口给我一点点确认，告诉我这卡里的钱是温暖不是罪恶，告诉我我还可以继续喜欢你依赖你等待你。

我想，我只要一点点来自于你的确认，就能在这黑暗里，再支撑很久很久。

▶ 3

连晚风，你再这样缠着我，信不信我揍你。

魏楠气极败坏地扬手，但到底还是像面对着一只刚刚出生不久的柔软动物般，认命地把手放下。

他真是看错了这个小姑娘。

原本以为是个暴发户家娇滴滴的小公主，想追到手玩玩，结果她各种戏弄让他气也不是乐也不是。

原本以为看多了世事莫测笃定身遭大变的她会从此一蹶不振，所以丢了些狠话让她老实做人，结果她索性发了疯。

哪里还有一点像那个心比天高的傻白甜？

那你告诉我，余柏枝和他爸躲在哪里。

晚风不依不饶，面色如铁。

我告诉你啊？魏楠怒极而笑，语气反而软了下来。

我告诉你，你最好放弃脑子里的傻念头，不要怪我同学一场没有提醒你，找不到余家父子是你的幸运，如果找到他们，你才知道什么叫地狱。

那我更要找到他们了。

晚风轻轻地说：我现在，本来就已经身在地狱。

进去吧，顶楼那间阁楼就是他们父子现在租住的地方。

魏楠随手指了指，不知道哪里飘下来一个红色的塑料袋，旋转着，空气混浊，他骂了一句粗话。

余柏枝现在在几家画室教小孩画画，一般很晚才会回来。他爸应该在家。不过，我还是劝你最好不要见他。魏楠说。

晚风点点头，迈步向前。

魏楠看着她一点点消失在黑洞洞的楼梯口的身影，无声地苦笑了一下。

算了，谁是谁的劫，谁又是谁的怨呢？

他连一句谢谢也没捞着，自然也犯不着告诉她，这破地方还是他帮余家父子找的，亮出了他爹的招牌，那些追债的人才终于同意给他们片刻缓和安宁。

他一踩油门，机车轰然而去。

余柏枝拖着疲惫的双腿打开那扇有些锈斑的小铁门时，铁门发出了"哐当"一声响。

唯一狭小的窗边那张床上，半躺着的老人转过头来，旁边站着的少女却没有回身，只兀自将手中的一杯液体递过去。

喝了吧。

她的声音细细的、凉凉的。

那杯液体，是乳白色的。

余柏枝累到近乎麻木的大脑里，突然闪过一个画面。

温暖明亮的私家花园里，穿着薄荷绿衣裙的少女笑容如糖，仰起头俏皮地看着他，说：要是我恨一个人呀，我就偷偷在给他喝的牛奶里撒上毒药，毒死他！

一个女孩子，怎么能这么恶毒呢？余柏枝的眼睛里，全是凶光，冷冷地压着她，像是动画片里受了伤的狼。

啊啊啊？

床上偏瘫的老人口眼歪斜，着急地向他伸出手来，发出混浊的音，但却无法表达自己的意见。

爸，你没事吧？

余柏枝顾不得分心去照看床上的父亲余则，他太累了，而他压在身下的连晚风像一只精力充沛的母狼，他需用尽全力才能不让她挣脱。

他想，出事以后，连晚风一定是恨他的。外面那些传言，他都听到过，晚风的妈妈受到刺激后的变故，他也都知道。

而他该怎么告诉世人，他的爸爸也在重压之下突然中风，宛若废人？

他只能没日没夜地去打工，要护理爸爸，要给晚风母女定时寄钱，还要还那些大山一样的债。

而她，竟然想趁他不在，毒死他可怜的爸爸？！

我就是毒，毒死我自己行吗？

晚风不知道哪里来的那么快的速度与那么大的力气，猛地掀翻了余柏枝。

她闪电般地夺过了余柏枝手里的杯子，在他还没有反应过来的时候，一边冷笑，一边仰头将杯子里的液体朝自己嘴里倒了下去。

他也不慢，大概只迟了半秒，或者更短，他的手带着风刮过她的手腕。

肌肤与肌肤碰撞，两两擦过的地方，像火花燎过，溅起一串串看不见的疼痛与委屈，伴随着杯子的落地与白色液体的烟花般溢散。

晚风终于悲壮了一把。

后果就是被余柏枝这个冷血动物折磨到差点崩溃。

那是晚风第一次看清余柏枝的真面目。

他狠狠地将手指伸进她的嘴里，用力压住她的舌根，在她的喉咙口毫不犹豫地抠挖着。

晚风绝望地想，她一辈子都无法走出这个阴影的记忆了。

在强烈的外界刺激下喷涌而出的呕吐物穿过他的手指和她的嘴唇，眼睁睁地铺洒在她眼前，持续不断的恐怖的干呕声像是人世间最难堪的伴奏。

她能清楚地感觉到自己鼻涕眼泪糊了满脸，长长的头发像臭水沟里的腐草带着不明液体粘成一片。

而余柏枝，他就像一头野兽，他用手肘和膝盖的力量压制着她，毫厘不让，蛮横冷血。

她从来不知道，看似消瘦的他竟然有那么大的力量。

除了服从，她竟没有一丝机会还能够挣扎动弹。

最骄傲最爱美的连晚风，像是一条被扔上了沙滩的露出了最丑的样子的可悲的鱼。

爸爸死后，她曾经在黑夜里矫情自怜地想过一百种死法，却从未想过有一种是死于难堪。

好了。

我认输。

我放弃。

我全错。

余柏枝，你是魔鬼。你是魔鬼，你是魔鬼。

余柏枝终于把他的手指从晚风的嘴里抽出去的一瞬间，晚风原本已经瘫软成一具空壳的身体里，不知道为何突然爆发出了一股自己都无法解释的余力。

她完全是下意识地狠狠的合上了牙齿，朝着他的手指咬了下去。

天地茫茫，泪如苇席，盖住了视线，盖住了对前尘后事的所有追问。

她变声变调地尖叫发泄着，终究还是慢慢化为呜咽。

一秒一刑，一步一生。

无力地放开了牙齿的瞬间，她知道，这一次，她仍然输得彻底。

她不想睁开眼睛，我不想面对这个世界。

她不想对余柏枝认输。

她不想喜欢上他。

她不想失去爸爸以后，还要失去最后的一点自尊。

她不想亲口对他说，她从来没有相信过那些传言，她刚才只是想给可怜的瘫在床上的余叔叔喂一杯普通的牛奶。

但是这个残忍的世界，什么时候听见过她的声音？

所以她明白，一切的她不想，都正在发生。

▶ *4*

六年后。

余柏枝已经成为了本市一家培训画室的老板，在当地的家长之间很有名气。

来他的画室学画的，有很多是和当年的他一样优秀的少年，从他这里走出后，考上了很好的大学，走上了他当年曾经以为会走的那条路。

人的一生，总有遗憾，能亲手送一个又一个的后来人去填补这份遗憾，是不是也是一种幸福呢？

余柏枝觉得，他现在是幸福的。

六年了，他终于过上了平静安稳的生活。

债务两清，爸爸身体稳定，他们搬离了当年魏楠帮他寻找的小阁楼，买了干净舒适的新居。

再也不用担心夜里被噩梦惊醒。

也不用担心去上班回来后会看到遍体鳞伤的爸爸。

岁月的折磨似乎并没有在他的身上留下太多伤疤，他穿上浅色的衬衫，笑容温浅，仿佛又回到那个干净少年。

只是，身边不再有连晚风了。

那次以后，他们再没有联系，他知道连晚风开始专心备考，后来也考上了不错的学校，他祝福她。

只是明白他们再不会有交集。

有的时候，魏楠会来找他喝酒。魏楠高考没考好，被他爸送出国几年，现在也回来了，找了个富二代女友，自己也混得不错。

有时候喝多了，余柏枝会望着月亮喃喃自语，也听不清说些什么，嘴角笑笑的样子，特别好看。

魏楠就会骂一堆粗话，乱拍他的肩，然后哈哈哈。

两个人都各得其乐。

魏楠要是知道余柏枝喝醉了都是在对当年的连晚风说话，估计得骂得更厉害。

他是这样说的：

晚风，有件事，我一直没有告诉过你。

那天，你闭着眼睛在那儿哭的时候，我就知道，我错怪你了。

后来，你冲出门去，我爸焦急地大叫着，我就明白，我失去你了。

晚风，我做错过很多事。

但是最错的一件，大概就是误会了你。

我和那些说着闲话的人没什么两样，你看，你一直相信着我，而我，其实没有真正地相信过你。

所以，我活该下了地狱。

晚风，此刻的月亮很近，空气很冷。

我很想你，但不会再说给你听。

盼你此去莫回头，天天快乐，面朝光明。

▶ *5*

桌上新鲜的瓶插白色百合开得正好，空气里满是馨香。

电视里正在播放本市新闻。

近日连降暴雨，近郊鲲西山发生了小面积泥石流灾害，目前未发现游客伤亡，但据调查，清漪画室的几名高中生和老师当日正在山中写生，目前尚有一名学生和一名余姓老师未取得联系。

正在欢快地切着花椰菜的晚风手突然顿了一下。

几秒过后，她又低下头快速切起来。

晚风。

妈妈唤她。

嗯？

她跑过去。

最近工作都顺利吧？

挺好的，那帮熊孩子现在都把我当亲姐姐一样，可听话了。晚风笑嘻嘻地说。

那妈妈就放心了。前些年，妈妈脑子糊涂，苦了你了。

说什么呢妈……你好起来了，我就最开心了。

女儿的撒娇永远是最温暖的，妈妈的脸上绽开了美丽的笑容。

新闻结束了，缓缓流淌出来的钢琴曲声在这个温暖的空间里激起柔和的浪。

晚风……

嗯？

你去……余家看看吧。

妈？……

刚才新闻里说的那个画室，是余家儿子开的吧……妈都打听过了。

妈……

不用担心妈，妈这些年已经慢慢想明白了，如果余家父子当年要害我们，就不会也苦了这么多年……妈糊涂过，清醒了，就不傻了。

妈！除了这个字，晚风觉得自己好像已经失去了其他的语言能力。

妈妈爱怜地抚摸着晚风长及腰际的头发。

去看看吧，要真是余柏枝出事了，你就哭一场，从此断了这个念想，省得一直单着。

天，一点一点放晴了。

暴雨过后的山，混合着浓重的泥土气息，既清新又沉重。

失踪学生的家长突然跳起来，冲向前去。

远处，出现了进山搜寻归来的警察的身影。

其中有一个人，背上背着的，正是他们的孩子。

家长冲上去抱着自己的孩子号啕大哭。

对不起，爸妈……都怪我一时逞强，脱离了队伍，余老师去找我时，我又崴了脚，结果一起困住了……

出事的少年满面愧疚地解释着。

余柏枝的目光，却被定定地站在一棵山松下的那个身影给吸引住了。

在一群中年家长中，穿着薄荷色衣裙的姑娘，宛如初见，亭亭地立在那里，隔得那么远，却还能看见眼里晶莹的泪。

余柏枝把少年交给他的父母照看，拖着疲惫的步子慢慢走过去。

他走得真的特别慢，不是因为累，是怕动作过大，这个梦就会像泡泡一样在阳光下残忍破碎。

晚风，是你吗？

是我，我来了。

晚风，你不恨我吗？

余柏枝，我当然恨你呀。

所以，我要你用余生补偿我，此去护我，天天快乐，岁岁平安。

有些东西消逝了，有些东西破土而出，
有些东西永远不会再回来。

月照
星河

谁在乎一棵大树是不是能开出雏菊花呢？

▶ *1*

乔月上手工课的时候，一直在走神。

因为今天晚星穿了一条雪白的裙子，那白色素洁淡雅，没有任何花纹与装饰，像一片还未被尘世的脚步染过的雪地。

明晃晃地吸引了人的眼球。

头顶的电扇在嗡嗡作响，一圈又一圈，有些恼人小蚊子在飞来飞去，像小小的降落伞，有时无声无息地停在被汗水浸湿的手背上。

多么炎热的九月初秋。

可是总有人不为所动，比如晚星。

为什么她看起来好像不会流汗一样，轻松得仿若在绿草地上散步呢？

打开的窗外吹进来一阵风，带着隐隐的樟木香，而风吹过的时候，晚星的白色裙摆出也轻轻晃动了几下，如同池塘里出现了温柔的水花。

乔月的眼睛又亮了亮。

她遗憾地低头看了看自己有些圆润的指肚，又握了握手上的手工剪刀，发现那剪刀上也有了湿湿粘粘的汗水。

今天的课堂作业，是每个人设计剪裁一朵花。

什么花都可以。

乔月歪头看了看同桌男生，他已经豪气冲云地剪了一朵比真喇叭还大的喇叭花，大大的花冠夸张地展开，铺了半张桌子。

乔月忍得很辛苦才没有笑出声来。

她掏出自己带的手帕擦了擦掌心的汗，终于开始剪自己开始就已经想好的小雏菊花。

一朵雏菊，两朵雏菊……

乔月渐渐沉浸在了自己的世界里，忘记了周围的环境。

突然，老师的声音打破了教室里有些懒散的沉闷。

"于晚星，你没有听到老师的要求吗？"

乔月询声望去，看到年轻的女老师站在晚星的课桌前，一脸不悦，而晚星的头，就渐渐埋了下去。

她不吱声。

在班上，她总是不吱声的那一个。

时间久了，大家渐渐学会无视她，也有人学会伤害她。

反正她成绩也差，这样的人，存在的价值总是微小的。

乔月有时候想，也许，班上只有她一个人，是喜欢着晚星的存在的。

喜欢听晚星弱弱的柔柔的声音。

喜欢和晚星手牵手走在回家的路上。

喜欢晚星偶尔偷偷扬起的惊鸿般的一抹微笑。

喜欢保护晚星。

"于晚星，你剪的这是什么？"

老师再一次提高了声音。

"如果你不喜欢上我的课，你可以出去跑步，跑到下课再回来。我要你们每个人剪一种花，你为什么剪了一棵树？"

晚星张了张嘴。

她知道老师是真的生气了，但是老师越生气，她越说不出话来。

就像被一团湿湿的棉花掩住了口鼻，呼吸也变得困难起来，眼泪明明已经在眼眶里打转，不敢抬头的姿势却像要顽抗到底。

下课铃声拯救了她。

老师生气地走了。

乔月扔下手里的剪刀，飞快地跑到晚星的位子边。

周围已经喧闹起来了，往厕所奔的，对着电扇跳的，丢铅笔盒的，揪小辫子的。

年轻而新鲜的血液永远不缺乏向前的动力，刚才发生的小小事故不过是他们日常生活中微如尘埃的一部分，甚至来不及关注，便已经消失在空气里。

晚星依然低着头，额角几乎碰着了课桌的边。

乔月绕到她的对面，伸出双手去，把她的脑袋用力捧起来。

"喂喂，去上厕所吧，活人不能被尿憋死呀。"

她不出意外地看到两颗眼泪从晚星的眼眶里滚落了出来，恰好落在了她的手背上，有点烫。

"树……"

晚星哽咽着挣扎出一个字。

乔月肯定地用力点头："树！"

"树上会开花……"

乔月鼓励的眼神像是施了魔法，刚才掩在口鼻上让晚星觉得呼吸困难无法发声的那些东西，仿佛突然间消失了，她大大地喘了一口气。

"我是想剪好树，再剪花粘上去呀。"

乔月没有丝毫停留，转身就奔回自己的座位，把自己刚才剪的一堆小雏菊拿了过来。

"我喜欢这个创意，我们一起粘吧。"

她拿起胶棒就为所欲为。

不多久，一棵粘满了白色雏菊花的大树就出现在了晚星的课桌上。

乔月偷看到，晚星偷偷地、偷偷地抿嘴微笑了。

当乔月喜欢上晚星的笑容的时候，谁在乎一棵大树是不是能开出雏菊花呢？

乔月昨晚差点没睡着觉。

她在凌晨两点半爬起来冲着爸妈的房间大喊："妈！你有没有给我准备好两份南瓜饼呀！晚星爱吃的！"

她妈在梦里拒绝给她这个没人性的不孝女回答。

于是她只好自己跑去厨房，打开冰箱确认了一下两个一模一样的漂亮饭盒，这才作罢。

第二天，当乔月和晚星一起吃着热腾腾的南瓜饼时，乔月喜滋滋地一口咬破饼皮，再用力把中间的糖水吸进嘴里，再把饼往嘴里大口塞，直到将腮帮子塞得鼓鼓的，一点也不剩下，才仔细舔了舔手指，满足地叹了一口气。

晚星则很认真地一小口一小口地咬着金色的饼，好像那是世界上最珍贵的东西，一旦消失就不易再得到一样。

乔月一直特羡慕晚星这种气质。

别人说晚星是木讷、沉默、有点傻，而乔月却觉得，这么说的人，都不懂晚星的美好。

她那叫沉静、优雅、岁月静好。

她们走到接近校门口的时候，看到一大群女生在一个横幅下叽叽喳喳。

几个高年级的漂亮学姐正在两张拼起的桌子后面招呼着大家。

"填表，这里。"隐约听见类似的语言。

"是话剧社招演员哎。"乔月好奇地伸脖子。

"你要参加吗？"

晚星低声问她。

乔月是爱热闹的，但是她一看到晚星有些怯场的眼神，就立刻改变了主意。

"我才不参加呢，穿着公主裙在舞台上念着肉麻的台词，傻不傻呀？我才不要。"

她没有注意到晚星欲言又止。

一只手突然从后面伸过来，像提着一只小鸡一样，提住了乔月的领子，只轻轻一带，乔月就毫无防备地冲向了话剧社的选拔桌。

她哇哇大叫起来。

晚星也吓了一大跳，她吃惊地转过身去时，只看到一个高大的身影如疾风般掠过了身旁。

两组声音同时响起。

一个是悦耳的男声——

"给她登记。"

另一个是话剧社的学姐 A——

"啊，社长！"

没错，南浦云就是话剧社的社长，传说中的校草。

他一出现，就把一众女生给电晕了。

连受害人乔月也停止了小鸡式的吱吱乱叫，露出了一脸花痴表情。

只有晚星例外。

她似乎受到了惊吓，无声地后退了一步，低垂了头，长长的黑发流泻下来，遮住了半张面孔。

南浦云冷冷地看着乔月说："傻不傻，试了才知道。"

乔月愣了愣，脸一下子涨得通红。

原来他是听到了她刚才的诋毁……

她咬了一下嘴唇，输人不输阵地昂起头："试就试！"转身抓起笔唰唰在登记表上签名。

▶ 3

"你姐不在家？"乔月压低声音问。

"嗯，她今天早上出差去了，要后天才回来。"

晚星拿出钥匙开门。

晚星家住在一个很老的平房里，在城市里这种房子已经很少见了，它们像劫后的小蘑菇一样悄悄生长在角落和缝隙里。

房子很潮湿，外周长着大片的青苔，路走起来有点滑。

晚星摁亮电灯，她突然轻轻地"咦"了一声。

乔月从她身后探出头来，又嗖地缩了回去。

她也看到了，对着房门打开的地方，那张破旧的长沙发上，蜷缩着一个人。

大红的裙子，海藻般乱糟糟的长发，正是晚星的姐姐夜晴。

在这间阳光常年无法照入的旧房子里，电灯似乎也只能照出一片昏黄而模糊的光，但乔月不需要走近，也能知道那张脸的模样。

浓妆，细纹，眼泪痣。

还有似乎永远带着隐隐怨恨的目光。

乔月一直很怕她。

晚星向乔月摆摆手，示意她别出声，然后自己轻轻走上前去，从旁边拉过一条毯子盖在夜晴的身上。

她们再轻手轻脚地关门，进到唯一一间里屋去。

"你姐怎么回来啦？"乔月确认已经关好了以后悄声问道。

晚星摇摇头，从书包里拿出课本来，她似乎有些心神不宁。

乔月也不敢大声说话，她拿出作业写了一阵，抬起头才发现晚星还在发呆。

没有父母，跟着贫穷的姐姐生活，晚星在这样的环境里，成长成沉默却依然美好温柔的样子。

乔月的心里，有着说不出的难过。

外间突然传来砰的一声巨响，好像有人一脚踢开了门，然后听到夜晴的尖叫声。

晚星突然站起身来，但又慢慢坐下。

乔月不知道发生了什么事情，她看看一脸苍白的晚星，又看看关着的房门，什么也不敢问。

外间的声音清楚传来。

"你居然敢不去！你翅膀硬了啊。"男人阴冷的声音。

"我受够了！那是个变态！他……他……"夜晴的声音嘶哑而颤抖。

乔月感觉到晚星的身体也颤抖起来。

"我们出去！"晚星突然把书本胡乱塞到书包里，拉起乔月就往外冲。

她的手还没有触到门锁，门突然被一股重力撞开了，夜晴穿着大红裙子的身影跌在她们面前，一个脸色阴暗的黑衣男子站在一旁看着她们。

"好久不见啊，晚星这么大了。"他阴冷的声音加入了一丝似笑非笑的玩味，像常年生活在地底的老鼠发出的磨牙声。

晚星头也不抬地拉着乔月，飞快地跨过倒在地上的夜晴的身体，推开黑衣男子朝外冲去。

她一眼也没有多看那个男人和自己的姐姐。

乔月跟跄着跟着晚星奔到门外，踩过那些湿滑的青苔，一直奔到很远的地方，她们才停下来。

她们一起大口大口地喘着气。

晚星边喘气，眼泪边一串一串地掉下来。

乔月紧紧抓着晚星的手。

她的心里，还记着那个黑衣男子阴冷的声音，如蛇般贴在背上，还有他的面目，仿佛透着一层她看不清的黑雾，里面有毒素滋滋地散发出来。

他年轻的时候，应该也是一个英俊的男人吧。

不知道为什么，乔月心里会冒出这样的念头，她被自己的联想吓坏了。

▶ 4

那天晚上，晚星睡在乔月家里。

她一直不停地哆嗦，目光散乱仿佛随时会晕过去，乔月就一直抱着她的身体，但是过了很久，仍然觉得好像在抱一块冰。

她自己也冷得哆嗦起来。

乔月的爸爸妈妈也已经习惯了这样的情景，他们是开明的父母，相亲相爱，温柔可信。他们从来不过问这两个孩子的友情，只给予她们最多的爱护。

到凌晨的时候，晚星才渐渐入睡，她小小的身体拼命地蜷成一团，好像要把自己挤压消失在空气里。

乔月就只能缩在床边上，尽量伸直身体。

她快睡着的时候，感觉到妈妈轻手轻脚地走了进来，又给她们加了一床被子。

空气里渐渐有了暖意，乔月呼呼地睡着了。

在梦里，她依稀还听到晚星的抽泣。

元旦的文艺会演，话剧社照例要出一个压轴节目。

社长南浦云一改往年惯例，亲自点名新入社员乔月担任女主角，饰《公主出逃》中的公主。

南浦云喜欢乔月的传闻在话剧社甚至话剧社以外都传得沸沸扬扬。

"你说，那些……有可能吗？"乔月有点忧心忡忡又有点兴奋，这已经是她今天第五次问这个问题了。

"什么？"晚星最近老是走神。

"他……喜欢我？"乔月脸红了，她的眼前浮现出那个一脸冷酷却英俊得如同王子一样的人来。

"啊？"晚星茫然地应了一声，又低下头去，她柔软的发丝垂在雪白的脸颊上，看起来非常失落，"哦。"

会演那天，乔月第一次穿着公主的白裙子登上舞台。

灯光是那么暧昧，音乐是那么舒缓，她在南浦云专注的眼神里，渐渐陷入了故事情节。

没落的王子爱上了公主，但从小与他相伴的少女却心生妒忌，少女一心想毒害公主，而公主却把她当成最好的朋友。

当最后少女的阴谋暴露，王子为了保护心爱的人将她杀死，公主知道了真相，她伤心欲绝。

最好的朋友是要害她的人，最爱的男人杀了她最好的朋友。

她要逃离这样悲伤的结尾。

南浦云饰演的王子眼里，闪着星星一样的光芒与忧伤。

他说："我是那么地爱你，不能够眼睁睁地看着你被她伤害，她已经被妒忌冲昏了头脑，成为了一个恶魔。"

他的声音是那么疼痛，充满破碎。

乔月流泪了，她说："这不是她的错。"

南浦云也流泪了，他说："这不是她的错，这也不是我的错，谁爱上谁，原本都没有错。"

他们在亮如钻石的眼泪里收获了当晚最多的掌声。

那些掌声里，没有晚星的，当晚，她没有来。

▶ 5

乔月找到晚星家的时候，已经是她第三天没有来上学了。

电话铃声永远孤单地响着，没有被接起。

晚星好像从世界上消失了。

走过那条阴暗的小巷，到达尽头的小平房，又是青苔的湿滑与空气的凉薄，好像阳光永远也照不进这古老的角落里来。

她新买的靴子底下，沾满了新鲜的湿泥，空气里有土的腥气。

乔月鼓起勇气敲门，她一直敲一直敲，喊着晚星的名字，但一直没有人应声。

她又在门口蹲了很久，还是没有人回来。

外面很吵，映衬出小屋里如死的寂静，不知道为什么，乔月就很想哭。

她的眼泪还没有掉下来的时候，身后的门突然开了，露出晚星苍白的脸来。

乔月就尖叫一声扑了上去。

三天不见，晚星变得更加瘦，而且肤色接近透明的白，她有些虚弱地朝着乔月微笑，乔月有一种恐慌，觉得她随时会飘起来。

"你生病了，怎么不告诉我？"乔月又生气又心疼。

晚星摇摇头。

"你，以后不要来了。"她的声音听起来和她的模样一样飘忽。

"为什么？"乔月大吃一惊。

"别来了，我姐……不喜欢。"晚星疲惫地再摇一摇头，"我很快就回去上课，很快。"

乔月还想说什么，屋里的电话突然响了起来。

晚星偏过头看了一眼，缓缓拿起了电话。

乔月觉得自己的脚步从未有如此沉重，她知道自己最好赶快离去，可是她却无法离去，因为她有种不祥的预感，觉得她好像要失去晚星了。

"我要出去一下。"晚星挂掉电话。在接电话的过程里，她什么都没有说，只是安静地听着。

但是她的脸却变得更加白。

她似乎从未想要对关心她的乔月交代些什么，她像一个游魂一样在自己的世界里飘荡，即使乔月已经鼓足所有勇气向她伸出了手，她却根本看不见。

乔月觉得很受伤。

她站在那长满了青苔的小屋前发了一会儿呆，才意识到晚星已经走了。

等她追出去的时候，晚星已经不见了。

远处，有辆黑色的轿车正倒出巷口。

乔月突然觉得，那好像是南浦云他爸爸的那辆车。

那是有一次他载她去采购话剧要用的道具，他偷偷从家里开了车出来，她坐过的。

那车应该很贵，路上见到也不多。

她想，她一定看错了。

在那辆黑色的轿车里，苍白如同纸娃娃的晚星，靠在后座上，一动不动。

开着车的南浦云声音低沉地问她："你想怎么办？"

晚星不说话。

南浦云一咬牙，踩向油门。

车子像受伤的兽一般，驶向未知的彼端。

▶ *6*

仍然穿着红裙的夜晴，依偎在一个中年男人的怀里。

靠在临街的大落地窗前，她涂满脂粉不再年轻的脸上现出快活的神情。

"她真的同意离婚了？"她不放心地再次确认。

"真的真的。"男人一脸贪婪上下其手，看衣着打扮，明显是那种老实了一辈子头一次尝到野花滋味的居家男人。

夜晴长舒一口气。

"你还要负责我妹妹上大学。"她确认这一点。

"哎哟我的姑奶奶，念博士都行，快点……"

男人迫不及待地把她拉离窗边，按向大床。

"姐。"

门开处，晚星站在那里，肤白如纸。她的眼神带着冰冷的刺，看着室内处于定格状态的两个人。

"你们怎么进来的？"夜晴被踩了尾巴的猫一样尖叫起来。

"这酒店是我爸开的。"南浦云摇摇手中的钥匙。

"姐，你答应过我了……"晚星的声音和她的眼神一样苍白，"你答应我的……"

夜晴再次尖叫起来，她挥舞着手臂，不顾洞开的房门和走廊上探头探脑的其他房客的目光。

"我有什么办法！我有什么办法！为了养活你，为了供你上学，老娘我已经卖了十年了！我有什么办法！你要我不要卖，你上大学的学费从哪里来？况且，他——"夜晴一指那个呆若木鸡的中年男人，"他愿意跟老婆离婚跟我结婚！结婚！你知道吗？这对我多么重要！"

南浦云挥手赶开围观的人和探头的服务员，把门关上。

晚星悲凉地轻摇头："姐，你在说谎，你在骗自己……一开始你的确是为了我，但是后来，你是为了葛乐川……他要吸毒，你爱他，你卖自己去供他……姐，没有人会娶你，他们都在骗你，这一切都太坏了……"

她细碎地念着，像失心了的妇人一般。她日常总是沉默的，很少会说这样多的话，而现在，它们就像找到了出口，失控地向外流淌。

夜晴突然暴冲而至，伴着一声巨大的掌掴声，晚星的整个人都被扇到了地上。

南浦云一把抓住疯了一样的夜晴，他看向晚星的目光里，充满了破碎的裂缝。

"你没事吧？"他的声音有点哑。

晚星却没有回答。

她好像已经习惯了一样，若无其事地从地上站起。

她慢慢地俯下身，脸朝向被南浦云制住仍在呼呼喘气的夜晴，在她耳边轻轻说了一句话。

夜晴突然安静下来。

那种如死般的静，令人的后背似乎也嗖嗖发凉。

夜晴突然暴起，把南浦云甩开，拉开房门疯了一样冲了出去。

晚星没有追她，她的脸上，挂着一抹奇怪的凄凉的笑。

她慢慢地走到那个一直抱着头缩在地上的中年男人面前。

"于叔叔，你做的南瓜饼，多么甜呀。"她低头看着那个男人，眼泪一滴滴掉在他微秃的头顶上。

"第一次去你家，你说：'晚星，你也姓于，多巧啊，你就把于乔月当成亲妹妹，把我当成你爸爸吧。'"

"那时候，我多高兴，你知道吗？"

"可是于叔叔，我姐姐也姓于呀……"

"叔，今天的事，永远也不要告诉乔月，好吗？这个世界太坏了啊，你回去，永远做她的好爸爸，让她一直幸福下去，好吗？"

蹲在地上的男人终于大哭起来。

他拉扯着自己已经不多的头发，号啕得像一只夹着尾巴的狗。

晚星头也不回地以一种古怪而缓慢的姿势走出了房门。

她的身影安静而绝望。

▶ 7

圣诞夜。

天空飘起了细小的雪花，冰冷的空气刮进心里，丝丝地疼着。

乔月趴在晚星的床边，她拼命地哭，她觉得自己把十七年来的眼泪都一次流光了。

但是她的胸口，还是有什么东西堵着流不出来，只是疼，疼得她不能呼吸。

晚星的身上插满了管子，边上的仪器嘀嘀作响。

晚星杀了葛乐川。

那个曾经与年少的于夜晴相爱，在她最美丽的时候夺走了她的幸福，然后又把她拖进地狱的黑衣男人。

他或许真的爱过她的青春年华，然而贫穷与贪婪摧毁了他的爱情，他开始吸毒，然后，逼她出卖自己供养他。

十年。

生活只剩下污绿的浊水，他们谁都走不出来，像阴暗地底的黑色藤蔓，昼夜不分纠缠生长。

于夜晴已经分不清对葛乐川的感情是依赖还是爱，抑或是恨，她试图逃离他，但又一次次抓紧他。

她甚至故意忘记，晚星在上初中后，就已经每晚去夜宵摊打工赚自己的学费的事，她只是活在旧日的腐败里走不出来。

有一天，她遇到了乔月的爸爸，这个中年男人不顾一切地迷上她，信口开河说要娶她。

而她恰好又和葛乐川斗气，于是干脆失踪了几天，和乔月的爸爸黏在一起。

只是她没有想到，就在这段时间里，葛乐川来家里找她，见到了正在发呆的晚星。

已经化身为魔的他，意欲对晚星不轨，然而吸毒多年的身体，却连一个少女的惊慌还击也抵挡不了。

一把裁纸刀，轻易地捅进了他单薄枯干的身体。

他带着诡异的笑容，死在那满是青苔的阴暗小院里。

当于夜晴从晚星嘴里听到这个事实的时候，她的世界突然全面崩溃。

一直以来，她恨着这个人，却也爱着这个人，他已经是她混乱阴暗的人生里的一部分，当他死去，她觉得自己也不复存在。

她狂奔回去，在小屋里看到了已经死去几天的葛乐川的尸体。

然后，她就真的疯了。

她抓起葛乐川身上的裁纸刀，一刀一刀地戳着随后回来的晚星。

晚星没有躲避。

她倒下了。

而南浦云，其实很久以前，他和晚星，就是认识的。

那时候，还很年轻的于夜晴，还能够随意进出高级酒店，做着同样不堪入目的交易。

南浦云的爸爸，就曾经是她的客人之一。

当来找爸爸的孩子南浦云和来找姐姐的孩子于晚星在酒店门外相遇时，他们一起制造了惊天动地的混乱。

然后变成互相恨死的冤家。

可是多年以后，再次在校园相遇，谁又能知道，彼此的心里，是不是有一点仇恨以外的情愫在萌芽呢？

再次在酒店里看到她的姐姐时，他鬼使神差地打了她的电话。

晚星在乔月的哭声里慢慢睁开眼睛。

她试图笑一笑，却发现生命在自己的体内已经快要消失殆尽。

姐姐彻底疯了，而她，将安静地死去，再也不必为姐姐的牺牲而自责，再也不用活在阴暗角落里独自悲伤。

只留下所有真相都不知的乔月，她还可以天真地生活下去吗？

她低声说：乔月，你不知道我有多喜欢你，可是我越喜欢你，我就越厌恶我自己。

她说：乔月，再见。

然后她就慢慢地闭上眼睛睡着了。

三个月后。

乔月安静地站在晚星的墓前，她看起来瘦了很多，有了一点成熟的味道。

宽大的围巾遮住了她的半张脸，她低着头的样子，有几分像沉默时的晚星。

南浦云站在远处看着，然后悄悄地走开。

有些东西消逝了，有些东西破土而出，有些东西永远不会再回来。

乔月的眼泪，落在毛茸茸的围巾上，潮湿悲伤。

最好的重逢大概就是，
你还未老，而我长大了。

从此慢

从前的时间过得很慢，一生只够爱一人。

木心先生说：从前的日色变得慢，车、马、邮件都慢，一生只够爱一个人。

阿沅背着双肩包，一摇一晃地走进洛海的院子。她抬手抚摸了一下院里开得正好的那株桃花树的树干，没来由地就想起了这一句。

她的嘴角含着一点笑意，明亮温柔地、用目光轻轻地一一扫过院子里的桃树、梨树、海棠花、木桌、树桩凳、秋千架，还有檐下的木风铃。

以及，信步悠悠从门里走出来的那个人。

一身简单的休闲衣裤，懒洋洋的样子。头发还是偏长，因为瘦，眼窝就显得深，不笑的时候，好像不易接近。

阿沅站定，笑意又深了一点，歪了歪头瞅着洛海。

她想，这家叫"从前慢"的客栈里，时光果然一如旧时般缓慢，五年过去了，一切仿佛都未曾改。

除了她自己。

最好的重逢大概就是，你还未老，而我长大了。

洛海从前是个记者，后来经历了一些起伏，厌倦了以笔为刀的激烈日子，一个人辞职四处闲逛，逛到了这处古城，访到了这处旧院，就一时冲动买了下来，把它变成了客栈。

不是每个人出发时，都带着明确的方向，有时在路上走着走着，心里便了然了方向。

洛海就是在经营这家客栈的日子里，慢慢地确定了现在的生活就是他想要的。

过上一生，似乎也不会厌倦。

他的客栈渐渐在圈里有了些名气，来来往往的客人各形各色。

阿沅背着双肩包见到洛海的时候，她还是个半大毛丫头，跟着搞摄影的表姐出来暑期游。

洛海和表姐在网上就约过了，一见面并不客套，打了个招呼扛上根鱼竿就去附近的河边钓鱼，说晚上开个鲜汤。

阿沅来的时候还是个叽叽喳喳的小丫头，住了五天，走的时候，就有了想要赶快长大的急切念头。

她把客栈上悬着的"从前慢"几个字，和坐在院子里像个老大爷一样懒洋洋的微笑着晒着太阳逗着猫的蓝牛仔衬衫老板的身影，一起用力地刻到了心里面。

表姐都走出很远了，忽见阿沅撒腿就往回跑，一条马尾甩得天高。

跑啊跑啊跑回院子里，阿沅站在洛海的面前喘大气。

喂，你等着我啊，现在我十五，你二十四，等五年以后，我二十，你二十五，你正好做我男朋友。

洛海眨眨眼睛。

他没有嘲笑小姑娘的算术狗屁不通，他只是宽容地笑了。

五年后，大姑娘阿沅坐在洛海的院子里，她眉眼弯弯，秋千摇啊摇，缓慢地，像一首歌谣。

洛海，你真的不记得我了？阿沅问。

洛海眨眨眼睛，他说：晚上喝鲜鱼汤吗？我去钓条鱼。

阿沅从秋千上蹦下来，冲着他的背影大喊：那你现在有没有女朋友？

洛海转头回答：以前有过，现在没有啊。

阿沅满意地笑了：那我们在一起吧。

洛海想了想，认真地点点头：嗯，你二十，我二十五，倒是刚刚好。

阿沅还没有反应过来，洛海已经扛着鱼竿悠然走远了。

从前的时间过得很慢，一生只够爱一人。

从此后的时间也可以很慢，如果你的心里，自始至终安静地放着同一个人。

纵然爱是伤害，但只要还有人惦记，
它就不敢走远。

得曾
未远

再森，听我说一个故事。

.

不会说话的阿薰拥有一家美丽的小店。

小店里出售各种美丽的杂货，最多的就是薰衣草制品。

薰衣草枕头，薰衣草香包，薰衣草玩偶，薰衣草干花束。

生气的冉森走进来的瞬间，就被一种清新而别致的香气吸引了。

他轻轻拉响了头顶的风铃，守在柜台后低头写着什么的女孩手边的小铃也随之而动，女孩抬脸粲然而笑。

突然，冉森觉得，他这并不太长的一生里，从未有一刻，如此山高水长，悠远美好。

女孩在白纸上将自己的名字写下递给他看。

叫阿薰啊。

冉森的嘴唇轻轻碰撞，发出温柔的声音。

冉森说：阿薰，我们一起去看海吧。

冉森说：阿薰，薰衣草的花语是什么？

冉森说：你想去我长大的地方看看吗？

阿薰总是微笑着，她认真地盯着冉森的脸，目光温柔又恬美。

在海边长大的冉森，家里只有一个他深深憎恶着的母亲。

在无数个藤蔓疯长光阴回流以后，他总是能于午夜梦中回到儿时的白色小屋，他听见尖锐暴躁的母亲的嘶吼，懦弱胆小的父亲无声无息，一切仿佛正在发生。

而放学后的推门而至，一室鲜血，是永生挥之不去的噩梦。

父亲倒在血泊里，警察说凶手也许是偶然路过，而冉森却坚信那是曾经无数次叫嚣着要同归于尽的母亲的罪恶。

母子俩从此水火不容。

他在黑暗中成长，在阴鸷里挣扎，渐渐无法识得自己的来路与归途。

是阿薰的出现拯救了他。

冉森带着阿薰去到一片墓地，他说：这里长眠着最爱我的爸爸。

阿薰静静地看着墓碑，然后用手指在冉森的手心里画下两个字：妈妈。

冉森眼里的光消失了，他硬声说：我没有妈妈。

他想了想，将阿薰抱在怀里，亲吻了她的额头。

我爱的人啊，如果是你的愿望，我将去祈求那个不配为母的人的祝福。

他湿润的吻刚刚沾上她的皮肤，女孩的身体突然起了变化。

她渐渐地变得透明而虚无，温暖的触感从他的指间溜走。

然而，她对他说话了。

他一千次一万次想象过如果她能说话，她的声音将是怎样甜美，而今他得偿所愿。

冉森，听我说一个故事。

不，也许这是两个故事。

一个女孩死去了，但她生前被所爱的人恨着，那执念太强，使得她如果不能以沉默之身，得到一个爱她的人的纯洁的吻，她便一直只能在虚无界飘荡。

而有一天，她遇见了另一个徘徊的灵魂，那是一个老去的男人。

他们结伴而行，漫无目的，无边无际无悲无喜的岁月，就像亘古的宇宙那么漫长。

有一天，他们路过一片薰衣草田，老去的男人说：

我的妻子年轻时曾经向往这样的花田，而我一生也未能领她到达。

我的妻子因此而埋怨，贫苦的生活消磨了她的温柔美丽，然而我一直相信，她未曾离我而去，我便还有陪伴她的机会。

但是一个路过的贼人夺去了我的生命与希望。

而我唯一的孩子，误会了他可怜的母亲。

那一刻，他们突然停止言语，感悟到了指引。

于是，街角有了一间美丽的小店，店主是不会说话的女孩阿薰。

现在，阿薰得到了一个纯洁的吻，她终于可以解脱离去，走向下一世的光明。

女孩的面孔渐渐变成紫色的烟雾，淡入雾霭。

她说，冉森，谢谢你，再见了。

当她轻柔的声音消失，隐隐的模糊光影里，却有儿时最熟悉的那个男人的声音，温柔递来：

孩子，我也要走了，我留到今天，只想借由此对你说，请原谅你的母亲，也原谅自己，这是我想告诉你的一切。

不要哭，孩子，纵然爱是伤害，但只要还有人惦记，它就不敢走远。

冉森一个人慢慢地走回海边，他想，如果此刻飞回来的城市，大概已经找不到那个美丽的小店和那个不会说话的女孩。

原来一切都是一场温柔入心的梦。

他抬起头，在泪眼里，看到他头发雪白的母亲，蹒跚着踩着柔软的细沙，向他走来。

来到城市的果狸小姐，听说坐上摩天轮就会死去。
但是爱上了你呀，帽子魔法师，
我连死都不怕了呢。

和果狸小姐
坐摩天轮

他说：我带你去看看这座城市吧。

　　住在乡下的果狸小姐，善于培植七色浆果。

　　红橙黄绿青蓝紫，每一颗是彩虹的一种颜色，每一个看到的人，都惊叹不已，每一个尝过的人，都甜到倾倒。

　　一个远道而来的帽子魔法师，在华丽的马车大篷里开始了他的表演。

　　果狸小姐没有钱买门票入场，于是她提着一篮七色浆果，害羞地走过去，问帽子魔法师：我可以用这个浆果换门票吗？

　　帽子魔法师是一个英俊的少年，他看着果狸小姐脸上害羞的红晕，尝了尝那颗粉色的浆果，眼睛变得像星星一样闪亮。

　　帽子魔法师的演出十分精彩，帅气非凡，台下挤满了喝彩的人，用浆果换了门票的果狸小姐也坐在其中，她的脸更红了，她的心咚咚直跳。

　　帽子魔法师走后，果狸小姐的梦里，开始出现他的戏法。

　　后来，果狸小姐决定去城里生活，她想，城里应该也会需要她的七色浆果。更重要的是，她知道帽子魔法师，就住在那个城市。

　　她还想再看一次他的戏法。

　　她很容易就找到了帽子魔法师的华丽马车，但是他今天没有演出，看
到果狸小姐，少年的眼睛又亮了。

　　他说：我带你去看看这个城市吧。

　　他们并肩走呀，走呀，走到了一座巨大的摩天轮下。

　　看守摩天轮的老人冲他们招手：来呀，来呀，相爱的人都要来坐一次
摩天轮。

　　果狸小姐的脸唰地红透了，帽子魔法师的手也有点发抖。

　　去坐吗？

　　去坐吧。

　　害怕吗？

　　不害怕。

　　果狸小姐想，其实她好怕。

　　因为，在她们乡下，流传着如果果狸一族坐上城里的摩天轮，就会死
去那样的话。

　　可是，帽子魔法师邀请了她呀。

她突然就不怕了。

摩天轮缓缓升空，帽子魔法师不知道何时，轻轻牵住了果狸小姐的手。
果狸小姐没有拒绝。
他们的心顺着血液，一起猛烈地跳动。

帽子魔法师从小听他奶奶讲过一个传说。奶奶说，魔法师家族的人呀，
如果坐上了一种叫摩天轮的东西，就会在空中摔下来死掉。
所以帽子魔法师走遍了全世界的舞台表演，却从来不接上摩天轮表演
的活儿。
直到遇上害羞的果狸小姐。
还有她的七色浆果。

帽子魔法师紧紧牵着果狸小姐的手，在心里偷偷地想：啊，我没有死，
我要好好爱她。
果狸小姐的手被帽子魔法师紧紧抓在掌心，她害羞地想：呀，我没有死，
我要好好爱他。
城堡里的女巫对着镜子哼了一声，手里的符咒已经燃成一抹黑烟。

大概也如爱情中的乐趣一样，此处和彼处，看的都是风景，
而只有身在其中的人，感受的才是不足为外人道的苦辣酸甜。

猫掉了一
条小鱼干

网上养猫的人，常常笑称自己是猫奴。

我养过很多猫。

我的微博名字都在烟罗后面带了个"猫猫"。

我曾经一度在梦里幻想自己就是一只猫，因而傻笑出声。

但是我没有买过一只猫。

我拥有过的猫主子们都是这样来到我的身边的。

中华田园猫小米，是从一对大学生情侣送来的，奶猫的时候他们把它带回宿舍，大了以后不得不送走。

异国短毛猫小八，是一个得过无数国际大奖的猫舍淘汰出来的，因为幼时品相极佳，本来准备作为种猫培养，却不料得了严重的肾病而被放弃。

波斯猫小月是个长鼻子加龅牙，从出生开始就被嫌弃，我看到它的时候还被门夹断了条腿。

而喜马拉雅猫小美，是一位同事送的，前主人要出国，留下了它和一群狗朝夕相处，送来时有着严重的皮肤病和耳螨，而且大概是被狗狗们吓的，至今仍然性格极其胆小敏感。

因为它们之前的主人都不是我，所以当它们来到我家的时候，都是已经有了自己名字的，于是我至今也没有机会为一只猫取名。

但是这没有妨碍我和它们成为一家人。

是的，在我的生活里，它们就是家人。

猫是一种个性极其鲜明的动物。

它们是公认的敏感、自我，而我则总觉得它们心事满满。

无论是独自看着夕阳的时候，还是躺在地毯上四仰八叉睡着的时候，或是一脸甜蜜卖萌撒娇的时候，甚至从便盆里跳出来大叫着要你赶快清理的时候……

它们总让人有一种隐隐的感觉，这一切都是表象，而它们的内心，仍然是固守着一方天地，对你有所保留的。

网上养猫的人，常常笑称自己是猫奴。

大概就是起意于此。

在猫的眼里，它忧郁，它卖萌，它傲娇，它都是目的明确，直指人心的。

你要爱我，宠我，抚摸我，喂饱我——让我变得幸福。

而你也会因为我的幸福，而感觉幸福起来。

这种奇妙的相互依赖，恰是乐趣所在。

大概也如爱情中的乐趣一样，此处和彼处，看的都是风景，而只有身在其中的人，感受的才是不足为外人道的苦辣酸甜。

与他人何干。

时光如藤蔓不知疲倦地疯长，悲伤如潮汐来去，人生仿佛坐着一条小船，途中不断地相逢与告别。

而现在陪伴在我身边的，是小美。

我用了很多心力，治愈了它的皮肤病和耳螨，然后它的身体就开始像一个毛茸茸的大球般快活地充实了起来。

现在已经是它到我身边的第四个年头，它卧在那里，傲娇安详，华丽的长毛让每一个初见的人都小小惊叫。

朋友们称它女王，其实它的内心里一直觉得自己是个小公主。

小公主的脸是咖啡色的，耳朵和四个爪尖以及尾巴都是咖啡重点色，其余的地方是乳白色，类似大熊猫的那种重点色分布。

这种毛色其实见到真猫的时候都会啧啧称赞，然而咖啡脸小公主却有着上镜的烦恼，无论怎么美颜自拍，那脸都是凶巴巴的，一点都不软萌甜蜜。

小公主好生气，所以笑不出来。

笑不出来的小美公主，就极尽所能地用行动表达它的软萌。

比如，在我们看电视的时候，跳到腿上来像小奶猫一样踩奶。

比如，在被抱起的时候，施展出柔若无骨功，可以自由地在人的怀里摊成各种形状。

比如，会用各种百转千回的奶音来撒娇。

比如，在任何时候听到呼喊它的名字，都会飞快地出现在面前。

……

像个孩子一样，它也有很多很多引起烦恼的瞬间，然而，一回想起来，竟不如欢乐的瞬间般记得清楚，多数都已忘记了。

大概是在它两岁的时候，我们曾经给它相过几次亲。

来相亲的男喵都是品相上佳的世家公子哥，从我等凡人眼中看来，绝对是嫁女儿的上佳喵选。

然而小美公主狂性大发，差点把刚准备献上小鱼干的帅男喵打出翔。

第一次第二次我们以为是爱情尚未来到，此喵不入芳心，于是愚蠢地开始积极寻找下一个目标。

直到第三次第四次仍然重复这个悲剧的结局，我们才终于领会到……

小美公主觉得，自己还是个宝宝。

宝宝的日常是吃饭卖萌踩奶傲娇，宝宝才不要相亲去伺候男喵。

于是，恍然大悟的我们，再也不敢造次，这样妥协的结果，就变成了小美至今仍然觉得自己是个小宝宝，而且，我们猜想它这一生，都不打算成年了。

这样不幸福吗？

这样很幸福啊。

人生有那么多不由自主，那么多求而不得，那么多不得不，那么多要妥协，可是，当一个鲜活的小生命，在你的呵护下，活得任性一点，活得自我一点，活得像儿时很多人都曾经有过的那个不长大的愿望，于是，仍在混浊人世间苦苦挣扎的自己，是真的能够得到一些慰藉的吧。

　　有时候深夜写稿，点一盏灯，听窗外风流淌过叶梢的美妙声音，故事里的人仿佛在悄声对话，而笔记本前的猫露着雪白的肚皮已经呼呼睡着——
　　就会想，啊，猫的梦里，此刻有着什么呢？
　　也许它们从来没有人们所想的那样心事重重，又或者它们曾经心事重重，但在经年累月的爱里，它们已经得到安全感。
　　于是最大的烦恼，就是在梦里失去了一条本已到嘴的小鱼干吧。
　　当我们有许多大大的梦想尚未实现，那么能够照顾好某一只小小的生命，实现这样一个岁月静好的小小时刻，那也很好。
　　这大概就是有一个宠物为伴带来的乐趣。

　　如果爱能够让每个生命变得尊贵慵懒，那么人人都多一点付出，这个世界会不会变得更好一点呢？
　　写到这里，突然就在心里哼唱起来了呢。

稻草人的脚长在地里，土地里结出了魔法果实。

月光
旅店

沙漠边城的月光，冰凉冰凉。

沙漠边城的月光，冰凉冰凉。

夜晚披在旅人的身上，像银色的纱帐。

没有狂风与扬沙的日子，适合停在月光旅店，和老板一起喝一碗烈酒。

老板穿深蓝的长衫，模样干净斯文，笑起来眉眼温暖。他会唱很多地方的民歌，还会讲很多传奇的见闻。

旅人们猜测年轻的老板都去过哪些地方，为什么又最后安顿在这荒凉的沙漠。

但最后总是说偏了话题，豪迈大笑醉倒一地。

月光旅店外的月光冰凉冰凉。

里面的人心却滚烫滚烫。

万里迢迢运送丝绸的商人经过了，牵着他的骆驼。

"来吧，把皮袋里装满清水，好好睡一晚，你会发现你已经走了三分之二。"老板说。

商人疲惫的面上浮起笑容。

断了一条腿的逃兵经过了，挂着他的残枪。

"来吧，好好睡一晚，战斗结束了，你会在梦里想起年迈的母亲还在等你回到家乡。"老板说。

逃兵发了一会儿呆，慢慢放下了手中的枪。

一只孤零零的老狗经过了。

"来吧，我每天都能余些残汤。"老板说。

狗快活而用力地摇起尾巴。

经过这片沙漠的旅人，慢慢都知道了月光旅店。

它有最醇最烈的酒，最干净温暖的被褥，最笑容安宁的老板。

它改变不了旅途的目的地与未至的艰辛迷茫，但是在最疲惫一刻，它的抚慰足够。

喝了酒的老板给好奇的小男孩讲故事。

在很久以前，稻田边被放置了一个稻草人，制作他的人是个粗心的酒鬼老头，做好后，忘记了给他安上眼睛。

他可能是世界上最倒霉的稻草人，因为没有眼睛，他不能准确地驱赶鸟雀，却反复地被鸟雀欺负。

有一个夜晚，月光像冬天的河水一样冰凉，风越来越大，稻草人想：
就这样倒下去吧，虽然我都没有看到过这个世界到底长什么样。

然后他就听见有人在他身边轻轻唱歌，声音是温柔的、随意的、自由的、
细细的。

"你怎么没有眼睛呢？真可怜啊。"唱歌的声音停下来说。

稻草人侧耳听，听到小小的虫子爬过皮肤的痒痒的声音。

"给你我的扣子吧。"百合花一样的声音轻轻笑了起来。忽然间，稻
草人就看到了月亮，还有月光下踮着脚看着他手还没有收回的小姑娘。

小姑娘的衣服上，少了两颗木扣子。

它们变成了他的眼睛。

小姑娘美丽又温柔，她的两条麻花辫子很长很长。月光和星子干净又
温柔，那些惊慌飞开的鸟雀都变得有趣又温柔。

嘿，稻草人想，他不仅是拥有了眼睛，他还拥有了心吧。

不然，为什么原本空空的身体里，有东西在用力地搏动着？

稻草人的脚长在地里，地里结出了秘密。

他没有去过很多的地方，但他见过一季又一季的云，听过一个又一个
鸟雀带来的精彩故事。

过了一天又一天，送给了他两颗木扣子当眼睛的小姑娘再也没有出现。

过了一天又一天，酒鬼老头突然发现，他安在田边的稻草人不见了。

沙漠的边城里，多了一个月光旅店。

月光旅店里，多了一个穿着蓝衫子的年轻老板。

他的眼睛，温柔又好看。

其他人都醉了，都睡了，只有好奇的小男孩，还在琢磨旅店老板的故事。

边城的风裹带着沙，刮响了门口的铜风铃。

一个身影踉跄着倒在地上。

她裹着破破烂烂的衣裳，紧闭着的双眼的面庞布满风霜，唯有两条辫子，依稀已有了花白的痕迹但依然很长很长。

老板猛地站起身来，手中的酒杯微微倾倒，酒液泼到他的手背上，但他浑然不觉，只是眼睛发亮。

小男孩追着问："后来呢？"

他看到老板跑过去，抱起那个流浪的脏女人，小心翼翼。

老板微笑着说："后来啊，下一次再讲。"

稻草人的脚长在地里，土地里结出了魔法果实。

你送我一双眼睛，我拥有了干净的初生的爱情。

在梦里，
向黑猫买了白色玫瑰的少年走过来，
轻轻亲吻了她的额头。

玫瑰、少年与黑猫

少年微笑着，他的微笑像暖暖的春风。

黑猫拍响了少年的门。

想要一枝玫瑰吗？紫色可以交换爱情，红色可以交换健康，白色可以交换幸福。

少年蹲下身温柔地抚摸黑猫的耳朵，有一种触电般的感觉流过黑猫的每一根毛尖，它有些尴尬地抖了抖。

被黑魔法禁锢的黑猫，要售出九十九枝玫瑰，才能找回自己的名字。

每一枝玫瑰，都要用一件身上的物品交换。

有人用眼睛交换了爱情，有人用舌头交换了健康。

但是唯一的一枝白色玫瑰，从来没有售出过。

因为交换它，要用心脏。

可以把白色的玫瑰卖给我吗？

少年微笑着，他的微笑像暖暖的春风。

可以，但是……

黑猫不敢相信自己的好运气，它意外地迟疑了。

如果用心脏交换，就会死去。如果死去了，还会有幸福吗？

让我试一试这个答案。

少年眨眨眼睛，有些调皮。

黑猫把嘴里仅剩的玫瑰小心地递到少年手里，它圣洁美丽，纤尘不染。

第二天早晨太阳升起的时候，穿着黑裙的少女蜷缩着身体在街角醒来。

阳光像温暖的金线，织成柔软的纱衣。

少女小声惊叫起来，她想起来她做了一个很长很长的梦，梦里，她因为赌气和唯一的弟弟争吵而离开了家，误入了一片黑色魔法森林，在黑魔法的禁锢下，她成为了一只失去记忆的黑猫。

黑猫要向人类售出九十九枝玫瑰才能解脱。

黑猫的肉垫走出了血泡，可只有白色的玫瑰始终无法售出。

而最终的结局，她怎么也想不起。

她奔回家里，发现弟弟不在家中。

于是，她开始做一锅香喷喷的米饭，像过去的许多年做的那样，调皮的弟弟在外玩耍，回来后一身泥水，她一边责怪，一边为他装好热腾腾的米饭。

他们没有父母，一直相依为命。

做好了米饭，她觉得很累，不知不觉又趴在灶台上睡着了。

在梦里，向黑猫买了白色玫瑰的少年走过来，轻轻亲吻了她的额头。

像小时候犯了错之后那样。

他说：一个人失去了心脏还会幸福吗？会的。

姐姐，你回来了，就是我的幸福。

姐姐，我爱你。

烟罗畅销小说
书目大赏
（2014 ~ 2017）

2017 年

《星星上的花 3》

标签：一生一爱 清甜初恋 青梅竹马 腹黑男主 先虐后宠

内容简介：

她心有暗影，曾经与他一起卷入一场杀人案件。

他英俊腹黑，用了二十年的时间，让她逃不出自己的情网。

孟七春，你可能不知道，从十岁起，你就是我最勇敢漂亮的女侠。

我知道我们此生终将彼此纠缠，以命搏爱。

《小情书 2·小桥流水》

标签：甜蜜虐狗，人气 CP，大神 VS 小透明，史上最甜故事

内容简介：

那一年，小桥十七岁，遇上了她生命中像光一样的那个人。

她被灼伤，也被照亮。

而对江流来说，一切只是开始，生活没有意外。

一切胸有成竹的江大神，甜蜜养成他的独家萌宠小桥，没有人看过不是
面露花痴笑。

本书收入《匪石》《月照星河》《余生安》等人气中短篇。

《繁花盛开的夏天 1》

标签：青春初恋，霸气男主，聪慧女主，悬疑阴谋，先虐后甜

内容简介：

从小被弃于角落的南玄，是黑暗里开出的洁白小花。

因命运错手而被放逐的方柯，是黑暗里隐隐燃烧的沉默邪火。

在遇见她以前，他不知道什么是害怕。而遇见她以后，他终于知晓患得患失的滋味。

一场阴谋，一场烈火，命运让他们必须分离，而他只能变得更加强大，才能守护她。

《繁花盛开的夏天 2》

标签：青春初恋，霸气男主，聪慧女主，悬疑阴谋，先虐后甜

内容简介：

再次相遇的方柯，他沉默冷峻，深藏不露，手握一切暗布机关。

而成为了独立品牌花艺师的南玄，在愧疚与自责里，却一步步走进了他编织的治愈情网。

这一次，我不会再让你受伤，也不会再让你离开。

我要你穿上我亲手设计的婚纱，对我说永远。

《贝壳》

标签：治愈短文，情感记录，青春故事，经典合集

内容简介：

《读者》《青年文摘》《意林》反复选摘，温柔有力的正能量讲述者烟罗，写作十余年首本最真实感人的美文随身书。

最动人美丽的一生一爱，最慈悲温柔的人生重现；最温暖励志的晶莹小文，最精致柔软的 33 个故事，献给那些珍贵而美好的岁月和你。

烟花必收藏品图书，不可错过的经典。

2015 年

《星星上的花 2》

标签：爱情经典，百万畅销，一生一爱，圆满暗恋，清甜感人

内容简介：

人的一生，只要做对一件事，是不是就可以原谅自己其他的错误？

小王子种下了玫瑰花，而我遇见你。

封信医生与安之姑娘的初恋爱情小说，百度搜索过千万，上市半年创下单本 50 万册惊人销量。我们用爱情治愈爱情。

《我们的青空》

标签：两个女孩，唯美绘本，青春共鸣，飚泪经典

内容简介：

在遇见路青辰以前，魏暖还以为世界上所有的女孩子，都是一样的。
而在遇见路青辰以后，她知道，这个世界上，唯有一个人，于她是
不一样的。

如果我们终究要失去彼此，我该如何整理，我们共同拥有过的美好
点滴？

路青辰，我好想你。

《小情书·彩虹》

标签：初恋故事，畅销经典，短篇合集，爱而不得，酸酸甜甜

内容简介：

全国各大书榜五星畅销年年加印，精心修订全彩新版，含《彩虹》
等多个烟罗最高人气爱情中短篇，感人至深，篇篇泪下。

致我们一生中最初的沉沦——想说喜欢你，想陪你看流云，想天长
地久，想至死不渝。

2014 年

《星星上的花 1》

标签：爱情经典，百万畅销，一生一爱，圆满暗恋，清甜感人

内容简介：

八年前，程安之在学校的操场上见到少年封信，人生犹如晴朗的天空闪了电。

没有人相信这份年少青涩感情的份量，连封信自己，也仅仅把这场相遇当成人生里一抹轻微的回忆。

然而，八年后，她终于站在他的面前，彼此都已经经历了那么多的苍桑变故，她看他的眼神，却一如少女般纯真热烈。

最终，他对她说：如果这是我们两个人的故事，对不起，我来晚了，以后我会加油。

图书在版编目（CIP）数据

小情书. 2, 小桥流水 / 烟罗著. — 南昌 : 百花洲
文艺出版社, 2017.6
 ISBN 978-7-5500-2157-0

 Ⅰ. ①小… Ⅱ. ①烟… Ⅲ. ①中篇小说－小说集－中
国－当代②短篇小说－小说集－中国－当代 Ⅳ.
①I247.7

中国版本图书馆CIP数据核字(2017)第056000号

出 版 者 百花洲文艺出版社
社　　址　江西省南昌市红谷滩世贸路898号博能中心A座20楼　邮编：330038
电　　话　0791-86895108（发行热线）　0791-86894790（编辑热线）
网　　址　http://www.bhzwy.com
E-mail　bhzwy0791@163.com

书　　名　小情书2·小桥流水
作　　者　烟　罗
出 版 人　姚雪雪
出 品 人　刘运东
责任编辑　王俊琴 李梦琦
特约编辑　廖　妍
封面设计　刘　艳
内文设计　颜小曼
经　　销　全国新华书店
印　　刷　长沙鸿发印务实业有限公司（长沙黄花工业园三号 邮编410137）
开　　本　880mm×1230mm　1/32
印　　张　9
字　　数　211千字
版　　次　2017年6月第1版
印　　次　2017年6月第1次印刷
定　　价　32.80元
书　　号　ISBN 978-7-5500-2157-0

赣版权登字：05-2017-24